U0072425

菲姬闖世界
Figgy in the World
坦姆辛・雅努／著
Tamsin Janu
鄭榮珍／譯
顏寧儀／圖
★阿德萊德文學獎兒童文學獎得主
★新南威爾斯州總理獎得主

獻給我偉大而美麗的家人：
媽媽、爸爸、皮普、班、米克、蓋比和麥克斯

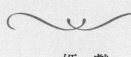

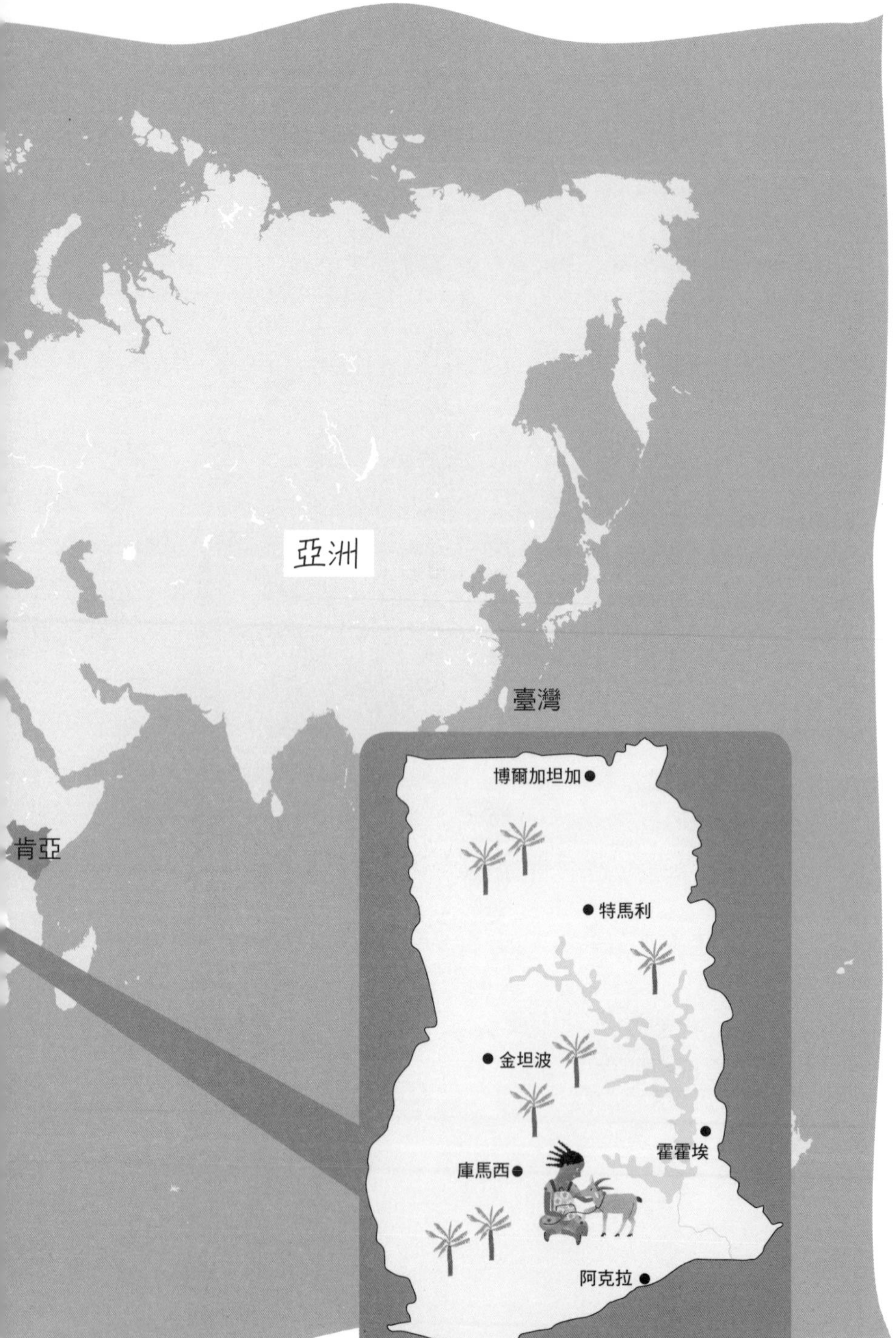

亞洲
臺灣
肯亞
博爾加坦加
特馬利
金坦波
霍霍埃
庫馬西
阿克拉

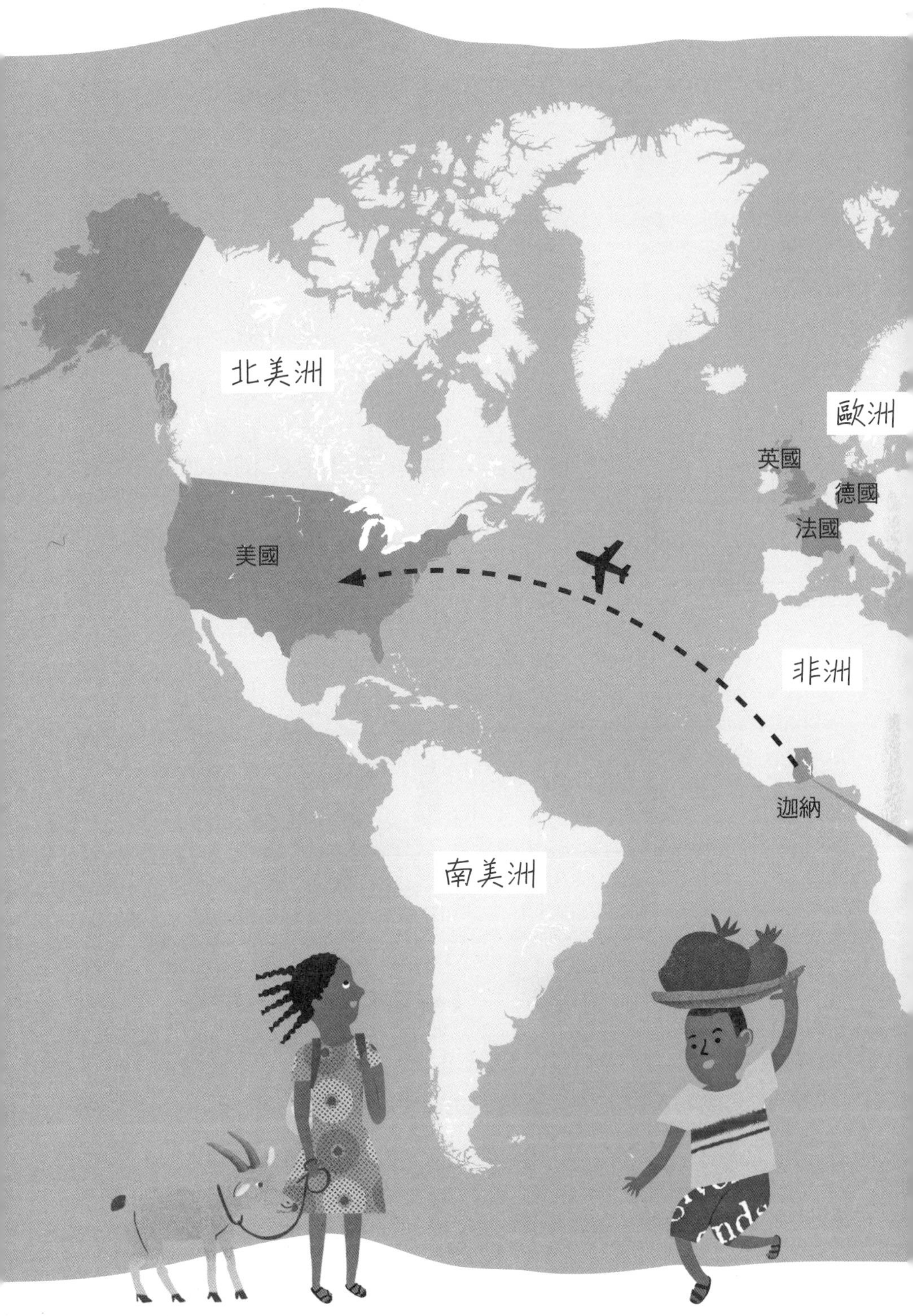
北美洲
歐洲
英國
德國
法國
美國
非洲
迦納
南美洲

目錄

第一章　病倒了

在我的村子裡，只有我一個人名叫「菲姬」，也許在整個迦納，也是唯一的一個。或許就連整個非洲，也獨獨只有我一人。也或許，雖然這機率很小，我可能是全世界獨一無二名叫菲姬的人。

這當然不可能。我對這世界認識不多，也對這世界其他的人所知有限；不過，我倒是知道這個世界挺大的。也許在別的地方就有上百萬個名叫菲姬的人。這些名叫菲姬的人，每天都在嘀嘀咕咕：「我住的地方，每個人都叫菲姬！菲姬！菲姬！菲姬！為什麼我非要叫菲姬啊？」

我甚至不知道為什麼我要叫做菲姬。這是媽媽幫我取的名字，但是我對她沒有一絲絲的記憶。八年前，她將我遺留在阿瑪奶奶門前的臺階上，那時我還是個小嬰兒。然後她就跑了，再也沒有出現過。裹在我身上的毯子，裡面塞著一張小紙條，上頭只有四個字：

她叫菲姬。

阿瑪奶奶曾考慮過要幫我換個名字，換個明智一點的名字。畢竟，那時我還只是個小小的嬰兒，我也不知自己就叫做菲姬。不過阿瑪奶奶說她現在喜歡我的名字了。

有時候，我真希望自己有個聰明一點的名字。我的表弟表妹都有，他們叫波佩圖雅、奎西和艾希，這些都是很常見的迦納人的名字。當阿瑪奶奶對外人介紹我們四個人的時候，只要一聽到我的名字，大家通常都會皺起眉頭，然後問我相同的問題。

「可以再說一次妳的名字嗎？」

我說：「菲姬。」

他們聽了之後就會走開，一邊嘟囔著：「這名字可真奇怪。」

我的叔叔，那些表弟表妹的爸爸，也有個聰明的名字——菲爾摩德。他住在迦納最大的城市——阿克拉；但是他每隔兩個月就會來拜訪我們的村莊。他總是帶著特別的禮物和玩具給我們。菲爾摩德叔叔的太太也有個聰明的名字，但是她在幾年前生下艾希之後就去世了。

就連我的山羊好友，瓜米，都有一個很正常的迦納人名字，因為是我幫牠取的。牠原本並不是我的山羊，幾年前，牠老是跑到我們家來，站在門口不走，所以我就餵牠吃東西。結果牠就一直出現、一直出現，後來阿瑪奶奶說牠一定是沒有主人，所以我就把牠留下來當寵物了。

有個不尋常的名字真的挺令人困擾的，但是也有好處。比方說，如果我叫做奎西，當我聽到有人提到奎西，我可能會想：「他們說不定是在講另一個奎西，在我們村莊裡有好多個奎西呢！」但是當我聽到有人提到菲姬，我一定豎起耳朵，非常仔細的聆聽，因為我知道那一定是在講我，村裡就我一個人叫菲姬。（也可能是全世界唯一的一個菲姬。）

阿瑪奶奶要幫我剪頭髮的那一天，我終於開始感謝我的名字如此不尋常。我平常最怕頭髮修剪日。我一直希望阿瑪奶奶到了這一天就會得健忘症，但是她從沒忘記過。每個月總有一天，她會把我釘在椅子上，把我頭髮上的結通通梳開，然後把我的頭髮剪短，再重新紮成許多辮子，而且紮得非常緊密。每次只要她一剪我的頭髮，就讓我垂頭喪氣不已，因為這世界上我最想做的一件事，就是把頭髮留長。

不過，還是比不上我想要一隻新的眼睛。我的左眼在兩歲的時候壞掉了。當時大家都叫我不要去戳那個火苗，但我還是硬要做。阿瑪奶奶說我雖然年紀小，但是很魯莽，於是撥火鉗一個沒握穩，就把灼熱的尖端戳進自己的眼珠子裡。傷勢很嚴重，只能把我的左眼珠給挖除。

回到我的頭髮，我希望擁有長長的辮子，這樣我就可以甩著頭髮玩。但是阿瑪奶奶說短辮子比較輕鬆，不會讓蝨子或其他討厭的東西藏在裡面；如果頭髮剪短了，小蟲蟲就沒地方躲藏了。

阿瑪奶奶的論點不能說服我，我還是想要留長頭髮。

阿瑪奶奶正在用契維語說著蝨子的問題（契維語是迦納通行的一種語言，在學校則講英語），而我是在講頭髮長度的問題，我們常常就這個樣子在跟對方談話。

然後阿瑪奶奶突然安靜了下來，原本握在她手中的髮梳墜落到地板上。阿瑪奶奶將兩手緊緊的握在胸前，輕聲的喘著氣，往前倒了下去，她渾身龐大的重量全都壓在我身上。

她的腹部正好卡在我的臀部和腿部上。

「阿瑪奶奶，」我喘著氣問：「可以請妳站起來嗎？」

阿瑪奶奶教過我，就算狀況再糟糕，都要說「請」字。

但是阿瑪奶奶沒有移動。她沒有講話，就這樣腹部朝下臥倒了，於是我從她身體下面蠕動著爬了出來，大聲呼喊救命，波佩圖雅跑過來，我告訴她趕緊去找醫生過來，但是阿瑪奶奶依然沒有挪動一分或說一句話。鄰居聽到喊叫聲，全都圍了過來，艾希哭了，奎西也在嗚咽哀叫著，整個地方亂哄哄的吵成一團。

阿瑪奶奶終於醒了過來，她坐起來，鄰居阿德瓦給她喝了些水。

然後村裡的醫生來了。

我很討厭這位醫生，他是我所見過最壞的醫生，也可能是全世界最糟糕的醫生。他解決每個人問題的方法，就是叫大家躺在床上。如果你抱怨肚子痛，「回去躺在床上！」；如果你是頭痛，「回去躺在床上！」；如果你膝蓋痛，「回去躺在床上！」他很自私：總是叫大家躺在床上，自己卻整天徜徉在陽光下逍遙度日。在我生病的時候，一想到又要躺在床上，不禁更加難過起來。

當醫生一檢查完阿瑪奶奶的身體，果然就說了：「回去躺在床上！」鄰居中出來幾個人協助阿瑪奶奶回到房間，平常這裡是奶奶、表弟表妹和我睡覺的地方，現在大人要我們讓出地方給奶奶休息。我原本跟著其他孩子快要走到外面了，突然聽到我的名字。

「我們應該怎麼跟菲姬說？」

我是村莊裡唯一的菲姬，或許也是全世界唯一的菲姬，所以我知道他們口中提到的菲姬，一定是指我。我躡手躡腳回到我們那間小小的起居室入口，蜷伏在門口的門簾下面。透過門簾，我可以瞄到包括阿德瓦在內的四位鄰居隱隱約約的輪廓，旁邊就是那位醫生。

我真痛恨這位醫生。

阿德瓦複述了另一位鄰居的問話：「是啊，我們應該怎麼跟菲姬說？還有跟其他的孩子說？」

醫生嘆了一口氣，摸了摸自己的下巴。他的下巴上覆蓋著一層厚厚的鬍鬚。「就跟他們說，他們的奶奶有點生病了，但是很快就會好起來。」

「應該跟他們講實話！」阿德瓦說：「如果他們的奶奶死掉了怎麼辦？那三個小的可以跟著他們的爸爸住在阿克拉，但是他們沒有多餘的房間給菲姬住，她一定會被送去孤兒院的。反正，就算沒有人跟她說，她自己也會發現奶奶生病的——她可是個非常聰明的女孩。」

如果是平常，我一定很高興阿德瓦認為我是個很聰明的女孩，但是聽到關於病情的談話，我大為震驚，完全笑不出來。

四周一片沉默。最後，最年長的男性鄰居說話了：「醫生，阿瑪有沒有什麼希望呢？可以救得回來嗎？」

醫生搖搖頭：「應該是沒辦法了。如果她是住在美國，那裡的醫藥供應系統很健全，也許阿瑪可以得到治療。但是在迦納，在這樣小小的村莊，想要對抗這樣的疾病太困難，也太昂貴了。」

聽到醫生對阿瑪奶奶的健康這麼輕易就放棄希望，我一點都不感到驚訝。

他真是個超級大懶蟲。

大人紛紛站起來離開房間。我趕緊跑開，躲在廁所裡，這樣他們才不會知道我剛剛在偷聽。我想了又想，哭過之後又繼續想。

阿瑪奶奶生病了，而且阿德瓦認為她可能會死掉，這意味著，我可能被送到孤兒院，跟那些沒有人愛護的孩子住在一起。我不想去孤兒院，更不想讓阿瑪奶奶就這樣死掉。

坐在廁所裡想了半天，我決定去美國。

第二章　訂定計畫

那天晚上，我躺在床墊上，依偎在阿瑪奶奶身邊，但是怎麼都睡不著。

「阿瑪奶奶，妳生病了嗎？」

「我沒有生病，小菲姬。現在不要講話。」

「但是妳跌倒了，而且我聽到——」

「安靜，馬上睡覺，如果妳再說話，我就拿手杖打妳。」

每當我跟表弟們調皮搗蛋的時候，阿瑪奶奶就會威脅要拿手杖來打我們，不過她從沒真的下過手。她也曾經甩著她隨身的長木杖，滿天飛舞的威脅村莊裡其他頑皮的小孩，他們不知道其實她不會真的打他們，所以馬上就乖乖的不作亂了。

雖然我知道如果我又講話，阿瑪奶奶不會真的拿手杖打我，但我還是安靜下來。

她已經表達得很清楚，不想談論有關她身體健康的問題。

第二天，我在學校跟朋友說我要去美國。他們大部分都跟我一樣，對這個世界所知甚少，所以沒辦法跟我說太多美國的狀況，不過，倒是給了我一些旅行的建議。

菲莉西亞有著一頭讓我嫉妒不已的長辮子，她建議我要帶一條暖和的毯子。蘿德蘭說我應該隨身攜帶一件玩具，因為她聽說到美國要經歷很長的時間，我一定需要個夥伴。立得旺說我根本不應該去美國，因為美國已經被滿街亂走的邪惡機器人毀了，他們還會射殺像我們一樣黑皮膚的人。立得旺一向喜歡編故事，所以我不理會他說的話。

我很仔細的聽歐賽基佛說的話，因為他是我朋友中最富有的一個。歐賽基佛的爸爸跟菲爾摩德叔叔一樣，都在阿克拉工作。他叫做伊岱，這在我們村莊是一個很不尋常的名字，因為這是個英文名字。伊岱要我們就叫他伊岱，什麼頭銜都不加。如果有人跟他說：「先生，我——」他會馬上打斷對方：「不要說**先生**，就叫我伊岱。」

每次伊岱從阿克拉回來，就會開著他的車，載歐賽基佛去學校。有時候他會讓我也搭個便車。

阿瑪奶奶不像伊岱那麼有錢，但是她也不是非常貧窮，我每天都會看見其他更加窮困潦倒的人。

阿瑪奶奶有一份很好的工作，她在我們學校附近的另一所學校擔任教師。她的學校很小很小，小到沒有教室；取而代之的是，學生就在芒果樹的碩大樹蔭下上課。每當下雨，就得把大家送回家，否則紙張和書本會被淋得溼答答，黑板上所有的粉筆字也都會被打落。

在我們的房子裡，偶爾才有電，沒有從水龍頭流出來的自來水，也沒有冰箱或電視。不過我們村莊裡大部分的人也都沒有。但是我們有足夠的食物，雖然有時候我覺得阿瑪奶奶會吃得比較少，好讓表弟表妹和我多吃一點。如果我問阿瑪奶奶是不是這樣，她就會說：「安靜一點，菲姬，把妳的食物吃完。如果妳再說一次這樣的話，我就要拿手杖打妳喔。」我知道她才不會拿手杖打我呢，但是因為很餓，所以我就把分到的食物吃完了。

我敢說伊岱絕對不會少吃一頓飯。歐賽基佛曾經去過伊岱在阿克拉的大房子幾次，每次歐賽基佛去，天天下午都可以坐在龐大、舒適的沙發上，一邊看電視、一邊吃巧克力。伊岱的房子聽起來真是奢華啊。

但是我不光是因為歐賽基佛的爸爸擁有一間大房子，才信任他的建議。我是因為歐賽基佛擁有許多書籍才信任他的。伊岱從阿克拉郵寄了許多書給歐賽基佛。歐賽基佛的書包含冒險、危險、愛、動物、植物、巫師、巫婆，以及各式各樣的事物。

在歐賽基佛收藏的書裡，我最喜歡的是關於這個世界的書。那是一本非常厚重的書，裡面有各個國家的地圖、各式各樣的人種和各個地區的圖片，我真不敢相信這些都是真的。

正因為歐賽基佛讀過這麼多書（或者更確切的說，當他看著圖片時，他媽媽讀給他聽的），他幾乎什麼都知道。

我一本書都沒有，阿瑪奶奶也只有兩本書。這兩本都是《聖經》，不過有一天我忘了餵瓜米吃晚餐，其中一本《聖經》剛好落在室外，就被嚼得一乾二淨了。

當我跟歐賽基佛說我打算去美國旅行時，他的臉皺成了一團。我把他這種臉稱之為「思考的臉」。可以想像，他的腦袋正在快速過濾所有他讀過的書中資訊。「妳是打算去北美或南美？」他問我。

我不知道有兩個美國，我問他哪一個美國有比較多的藥。

他說北美比較富裕，所以我選了北美。但是怎樣才能到那裡呢？

「我猜，」歐賽基佛說：「如果妳想要去北美，就要朝著北邊走。」他指著頭上的天空說，「如果想去南美，妳就要往南邊走。」這次他指著地上說。

歐賽基佛又想到了別的事情：我會需要錢的。那天我的朋友通通沒有吃午餐，每個人都把自己的午餐費二十比塞瓦（譯注：pesewa，迦納貨幣）送給了我。歐賽基佛還利用午餐時間跑回家，回來時手裡握著八個塞地（譯注：cedi，迦納貨幣，1塞地=100比塞瓦）和六十比塞瓦。這是他這一整年來從伊岱給他的錢裡特地存下來的。他在所有人的面前，把錢胡亂塞進我的上衣口袋。我這輩子從沒拿過這麼多錢。我想把錢從口袋裡掏出來，但是歐賽基佛用手制止了我。

「留著，我不要阿瑪奶奶死掉。」

「但是這樣你就沒有錢了！」

歐賽基佛聳了聳肩，「我自己留了兩個塞地，以防萬一。而且我只有八歲，怎麼會需要錢呢？我根本用不到錢，那些錢就只是躺在我的枕頭套裡。也許哪一天我會因為錢太多而塞爆腦袋，變成大笨蛋。」

我才不相信。歐賽基佛是我所認識最有愛心、又最慷慨的男孩。既然這樣，我就把錢留在口袋，然後親親他的臉頰。我想我讓他感到害羞了，因為那天之後，他都避著我。

我只跟其中一個表妹波佩圖雅提過我想要去美國。更小的那幾個是無法理解的。當我跟波佩圖雅解釋完我的計畫，她那大大的棕色眼睛睜得更大了，還發出了小小的驚呼聲。

「但是如果妳沒有事先跟阿瑪奶奶說一聲，她一定會非常生氣的！」她說：「阿瑪奶奶會拿手杖打妳的！」

「妳也知道，她從來沒有真正用手杖打過我。而且如果我事先跟她說了，她一定不會讓我走的。但是我一定要去。」

波佩圖雅瞇了一下眼睛，陷入思考。

波佩圖雅年紀雖然比我小，卻比我細心許多。如果阿瑪奶奶不在家，都是她在提醒我們：天色已經漸漸晚了，應該進屋子裡了，應該洗澡了，或者應該打掃屋子了。只要有波佩圖雅在，我就不需要那麼細心，因為我們之中只要她夠細心就沒問題了。

「妳要怎麼到那裡？」她問。

「可以搭計程車、公車或丘丘車啊！」（丘丘車是迦納的迷你公車，我們任何時候都可以搭著它到處逛。）「也可以走路啊！我可以走上好幾公里都不會累。」

「妳如何付得起所有的花費？」

波佩圖雅一問起「如何」這種問題，我就開始緊張。我把歐賽基佛給我的錢拿給她看。她搖搖頭說：「這些可以幫妳抵達美國，但是想買藥是不夠的。」

她說對了——美國的藥可能很昂貴。

這時，我忽然想到一個點子：我可以去貸款。伊岱就是申請了一筆貸款，才買到他那部車的。

歐賽基佛說他爸爸就只是走進銀行，提出借錢的要求，就搞定一切了。

如果我要去美國，我也要這麼做。對於銀行來說，借錢給人去幫助生病的阿瑪奶奶，這個理由應該很正當吧；而且村裡的人都會幫忙還錢給銀行，因為所有的人都愛阿瑪奶奶。我跟波佩圖雅說起我的計畫，她的眉頭皺了起來。

「銀行會借錢給小孩嗎？」

「當然會！銀行借錢給任何人，才不管你幾歲呢！」

我其實不知道是不是這樣，感覺應該是這樣，沒錯吧。

第三章　上路了

第二天早上，我給了阿瑪奶奶一個大大的擁抱和親吻，跟她說我愛她，還有我在學校的時候會想念她的。（只不過我並沒有真的去學校，而是準備旅行到美國去了。）阿瑪奶奶自從跌倒之後，就睡得不太好，她的眼睛整個發紅、腫了起來。她笑著說我真的很逗，她也很愛我。

我吻了吻艾希、奎西和波佩圖雅，然後當我準備要親吻山羊瓜米的時候，突然意識到我不能把牠留下來。牠一定會想我想得很厲害，我也會想牠想得很厲害，然後在我離開之後，我們兩個都會非常悲慘。所以我在牠脖子上綁了一條繩子，帶在身邊。蘿德蘭說對了：到美國要花很長的時間，我需要一個夥伴。

我的肩膀上掛著我的書包，裡面裝了一條毯子、半條麵包、兩顆蘋果、一支牙刷、一塊肥皂，還有一些換洗的衣服。我的錢塞在衣服前方的口袋裡。

當我抵達丘丘車站，看到那裡人來人往，許多人在賣東西。我在擁擠的人潮中穿梭而過，瞥見我的朋友傑夫尼克。他正在賣橘子，那一整籃橘子四平八穩的頂在他的頭上。傑夫尼克有時候會來學校，不過次數很少。他家非常非常的窮，他有四個兄弟、三個姐妹，年紀大一點的孩子必須工作，幫家裡賺取家用。他從籃子上放下一隻手來，對我揮揮手。

「菲姬！妳為什麼會在這裡？妳是不是要去哪裡？」

我點點頭，「我要去美國。你知道開往美國的丘丘車是從哪裡發車的嗎？我知道美國很遠，不會有丘丘車可以一口氣載我到那兒，但是我想知道有哪部車是往那個方向開的。」

傑夫尼克聳聳肩膀。

「我連美國在哪裡都不知道呢！」他說：「也許可以問問那邊的人。」

傑夫尼克指著遠方丘丘車站所在的角落。然後再次看著我，一邊戳弄著他襯衫袖子上的洞。

「在妳走之前，妳想不想要……我是說，妳想不想買……」

我知道他是因為不好意思，所以說不出口。

「請你給我兩顆橘子好嗎？」

傑夫尼克咧開大嘴笑了，給了我兩顆橘子。我知道我應該將錢省著點用，只在絕對重要的東西上花錢。但是只要一想到傑夫尼克和他瘦巴巴的四個小兄弟，以及三個更加瘦不拉嘰的小姐妹，我就想盡可能的幫助他們。

有個男人正靠在他的丘丘車上，吃著一片炸大蕉（譯注：迦納常見的食物，將當地特有的香蕉品種，煎炸壓扁後做成。）。我朝著他走過去。

「請問這部丘丘車有往美國的方向開嗎？」我問道。

他大笑了起來，將頭上那頂破破爛爛的棕色帽子拿下來。

「美國？這位小淑女，你要去美國啊？美國的哪個方向呢？還有妳的眼睛是怎麼回事？」

我刻意忽略跟我眼睛有關的問題。

「我要去北美，因為那裡是美洲最富裕的地方。北美是要朝北邊走。」

「我就是要往北邊開的。」這位丘丘車司機一邊說，一邊大口的嚼著他的炸大蕉。阿瑪奶奶如果看到了，一定會告訴他不可以張著大嘴吃東西。

「我最遠可以載妳到庫馬西，這樣可以嗎，小淑女？」

我點點頭。

「要三個塞地嗎？」

「不，四個塞地。」

正當瓜米和我要走上丘丘車的階梯時，司機擋住了我們的去路。

「妳不可以帶那隻山羊上我的丘丘車。」

「但是瓜米以前也坐過丘丘車啊！」

「牠不可以坐我的丘丘車，我的丘丘車很乾淨。」

我瞥了一眼丘丘車裡面，它看起來一點也不乾淨，說它既破爛又骯髒也不為過。但是我想最好不要大聲說出來，因為我很需要這位司機載我一程。

「但是我不能把瓜米留下來啊，牠一定得跟著我走。」

「那我就不能載妳了。」

這位司機把帽子戴回頭上，兩手交疊在胸前，彷彿在說：「就這樣，如果妳不喜歡，那妳可以到別的地方去。」

我跟那位司機一樣交疊著我的手臂，然後又飛快的放下來，怕他以為我行為粗魯。我

決定跟他做個交易，我不喜歡爭吵，尤其對象還是大人，他開的丘丘車正是要前往我想去的那個方向。

「我會付四個塞地，讓我跟瓜米坐到前往庫馬西的半路上。」我說。

「那這隻山羊必須待在後車廂。」

我們握了握手。

我帶著瓜米走到丘丘車的後面，輕輕推著牠，直到牠跳進後車廂。牠看起來很不開心；這後車箱空間狹窄，瓜米無法躺下來。我坐上我的位子，當丘丘車坐滿了人，我們就出發了。

這一路上，我的膝蓋上坐著一隻活蹦亂跳的雞——因為坐在我旁邊的婦人，隨身帶著兩隻雞，而她手上只能抓住一隻雞。我很想問問這位婦人，司機對於她帶兩隻雞上車，有沒有要求她額外多付費用。不過，我沒問。也許丘丘車的司機就只有反山羊的規定。

旅途中，天空愈來愈暗，一陣大雷雨突襲而至。暴雨劈劈啪啪的狂下著，丘丘車歪歪扭扭的開著。我膝蓋上的雞已經睡著了，但是瓜米醒了過來，牠咩咩咩叫個不停，又大聲的跺著蹄子，害得那位帶著雞的婦人用手指塞住耳朵，以求阻隔噪音。

瓜米一直都很討厭雷雨。阿瑪奶奶允許瓜米進入屋內的唯一機會，就是暴風雨來襲期間，如果不讓牠進來，牠就會一直用頭頂著前門。一旦牠頂門頂得過於用力，牠的角就會弄破木門，然後牠的頭就會穿進走廊裡了。

司機在丘丘車前座大叫：「小女孩！我跟妳說過，我不喜歡讓山羊坐我的丘丘車。現在妳知道為什麼了吧？」

我假裝沒有聽到他的話，透過窗戶上流下來的一條條雨痕，注視著外頭。

丘丘車開了幾個小時之後，停了下來。我並沒有注意到，因為我就像膝蓋上的雞一樣，也睡著了。我驚醒過來的時候，發現眼前就是丘丘車司機的那張大臉，他離我離得那麼近，我們的鼻子差一點兒就要碰上了。

「小淑女，我們已經到達往庫馬西的半路上了。」

我付給司機他應得的四個塞地，將雞還給那位婦人——她立刻把雞放到另一個人的膝蓋上，然後我暈頭轉向的走下丘丘車。雨依然不停下著，我可以感覺到雨珠紛紛落在頭上。丘丘車司機把瓜米從後車廂拎下來，然後把車開走了。

我們就站在大馬路邊，滿地泥濘，但是透過眼前的雨幕，我可以看見前面有一個小村莊。我們需要找點食物吃，還要找個地方過夜。

「走吧，瓜米。」

瓜米依然站在原地，低垂著牠的腦袋瓜。

「很抱歉，這趟丘丘車坐起來不太愉快，但是我們現在要走去那個村莊，」我指著遠方，「然後就可以找到食物、水和遮風避雨的地方。」

瓜米依然不肯看著我，於是我把手伸進我的袋子。我給牠的麵包已經有點溼軟了；瓜米狐疑的望著麵包，不過最終還是吃了下去。我把袋子背回肩膀上，帶著瓜米一起朝著村莊走過去。

我沒有看見前方地面上有塊石頭。正因為我沒有看見，所以並沒有像平常那樣跳過去，或沿著石頭邊邊繞過去。我被它絆倒了，我的腹部撞了上去。然後我的袋子和瓜米的繩子，通通從我的手中飛了出去。

我把自己撐直站起來後，才看到眼前的一切——我所有的塞地紙鈔、所有的比塞瓦硬幣，全都泡在汙泥裡了。

第四章　納納

我完全被嚇呆了。剛剛被絆倒的時候，錢就從我的衣服口袋裡掉出來了。我所有的錢！

我趕緊爬到我的錢消失不見的地方，把手伸進汙泥，驚慌失措的想要找到我那些珍貴的塞地紙鈔和比塞瓦硬幣。但是我那絕望的手指，只能摸到汙泥、石頭和草地。

瓜米一動也不動的盯著我的動作，牠的繩子軟塌塌的垂在身邊，全身的毛都被雨水打溼了。我們得找個遮風避雨的地方，所以我把瓜米的繩子和我的袋子撿起來，慢慢走向村莊。瓜米和我該怎樣才有得吃？我們怎樣才能到達美國？

走了幾步之後，我哭了。我一向不哭的；我把哭泣留給最小的表妹艾希。她很會哭。每當我們抱怨這一點，阿瑪奶奶就會說，因為她只有三歲，所以可以允許她哭。波佩圖雅、奎西和我都贊同：就艾希的年齡來說，她那麼愛哭是可以原諒的。

但是在我丟失這筆錢後，我也允許自己哭上一回。唯一看見我哭的，就只有瓜米，牠不會（也無法）取笑我，也不會（也無法）告訴任何人。

這個村莊又小又凌亂，看起來很像被廢棄了。每個人都躲在屋子裡避雨，只有一個瘦巴巴、臉龐尖尖的男孩子站在路邊，頭上頂著一個銀缽。那缽裡裝滿了落花生——有的人就叫它花生——這些花生全都綑綁在塑膠袋裡。

那男孩跑了過來，說了一些我聽不懂的話。很顯然，他不是說契維語。迦納有許多不同的地方方言，有時候你旅行了好幾個小時，都還聽不

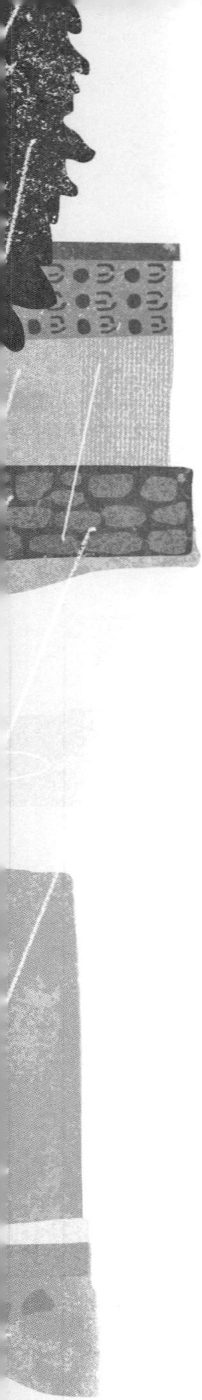

懂任何人講的話。

我用英語跟這男孩說：「我不是這附近的人，我只會說英語和契維語。」

「我也不是這附近的人。」男孩說話的速度很快，彷彿他急著要把話講出來一樣。「我來自沃爾特地區，在東方那邊。我也不會說這地區的方言；我說的是埃維語。不過剛剛我是在講德語。有一個叫做德國的國家是講德語的。德國位於歐洲。」

真是令我刮目相看。這男孩一定很懂這個世界。

「你用德語講什麼？」

「Willkommen。這是歡迎的意思。我是在對妳表達善意，因為妳在

哭。」

「你怎麼學會講德語的？」

「有位從德國來的旅客教我的。」

「看起來你已經講得很好了。」

「是啊，」他謙虛的說：「現在我只會說兩句德語，不過我打算再多學一點。」

「你還會說其他的嗎？」

「Setz dich，意思是坐下。」

我們就站在雨中，沉默的互看了一會兒。

「妳的眼睛出了什麼問題？」

「我兩歲的時候把眼睛灼傷了，所以他們把我的眼珠子挖了出來。」

男孩嚴肅的點點頭，「我也被灼傷過。」

　　他蹲下身子，拉起左邊褲管的下緣，這可是門技術活兒，因為他的褲管都已經被打溼了，黏呼呼的貼在皮膚上。他好不容易捲起褲管，在膝蓋上方有一塊同我張開的手掌一樣大的灼傷痕跡露了出來。

　　他指著傷口。

「我五歲的時候靠在一個熱爐子邊邊，就被燙到了。」

　　他把褲管放下去。

「我叫納納，妳呢？」

「我叫菲姬。」

「很有趣的名字。那妳的山羊呢？」

「瓜米。」

「嗯，我想我就叫牠瓜瓜，因為我曾經認識一個男孩也叫瓜米，他很壞。我知道妳的山羊沒有壞心眼，所以我不想把那名字帶給我的厭惡感，附加到妳的山羊身上。」

納納等著我回話，但是我什麼都沒說。我沒什麼話可說，所以他繼續說：「我告訴妳要到哪裡去洗掉妳那一身的泥巴。我一直想要把花生賣給路過的計程車和丘丘車，但是沒有人想在雨中停下來買花生。妳要買一些嗎？」

他指著穩穩當當擺在他頭上的那缽落花生。這提醒了我：就算我真的想買花生，我也沒辦法買；我所有的錢都遺失在汙泥裡了。我突然大哭起來。

納納什麼都沒說，安靜的領著我從破舊屋舍後方穿越而過，經過縱橫交錯的狹窄巷弄，抵達一處淺淺的溪流。我把瓜米的繩子交給納納，請他在我清洗的時候轉過身去，換上我備用的衣服。

納納利用這段時間，問了我一些問題。

「妳幾歲了？」

「八歲。」

「我知道妳還是個小小孩，」他說：「因為妳一直哭得很厲害。」

我努力讓自己不要為此生氣。我不喜歡被稱作「小小孩」，因為就連大人偶爾也會哭泣。有一次我的表弟奎西，在攀爬朋友家的窗戶時跌倒了。他的頭撞到地面，昏迷了好幾個小時。當然了，我們村莊的那位醫生過來了，也當然沒做什麼有用的事情。他甚至沒辦法跟我們說把奎西放回床上，因為在醫生抵達之前，我們就已經把他放在床上了。我們很怕奎西會死掉，阿瑪奶奶坐在他身邊，握著他的手，念誦著祈禱文，眼淚從她的眼眶裡不斷湧出。我從來沒看過有人像阿瑪奶奶那天哭得那麼厲害，她可是我所知道最勇敢、最年長的人呢。

不過我沒有跟納納提起這些，我知道他不是故意要冒犯我。事實上，他非常友善。他的表現也許很不尋常，但是很友善。

「你幾歲了？」我問他。

納納挺起他的胸膛。

「我九歲，再過幾個月就十歲了。」

「我再過幾個月就九歲，這表示你只比我大一歲。」

「只有一歲嗎？在一年的時間裡可以發生很多事情呢。一年前，我住在家裡，在一所普通的學校上學，但是現在我逃跑在外。」

「你是從家裡跑出來的嗎？」

納納很用力的點點頭。「我媽媽幾年前就去世了，而我爸爸人很壞，他會打我。妳呢？妳不也是跑出來的嗎？」

「不是。我的阿瑪奶奶生病了，所以我要旅行到美國幫她尋找治病的藥。但是我把所有的錢都掉在汙泥裡了，所以我不知道之後該怎麼去。而我是一定要到那裡去的，要不然阿瑪奶奶就會死掉，然後我就會被送到孤兒院，所以我才會哭啊！」

我要讓納納知道，我會哭是有個好理由的，而不是因為我是「小小孩」。

「哪邊的美洲？」納納問。

「北美。所以我才要往北邊旅行。」

「啊，就是美利堅高蹺國嘛！」

納納轉向我，一臉興奮的咧嘴笑著。我跟他說，我不知道他在說的是什麼。

「美利堅高蹺國，」納納重複一次：「這是北美的另一個名稱。為什麼叫這個名字呢？因為那邊的人，不只像迦納人那樣在地上走路，他們還會踩著高蹺去買東西、做生意、烹飪，做什麼事都這樣。美國人很有錢，他們想要做什麼就做什麼，他們覺得踩高蹺走路很有趣啊！所以他們幹嘛不這樣做呢？」

我覺得聽起來有點蠢。美國人幹嘛整天踩著高蹺走路呢？不過，話又說回來，我也沒去過美國，而納納看起來對這世界的了解比我多，他甚至會講德語呢。

我併著兩手接了一些水，把手搓洗了一下。納納很仔細的看著我。

「還好妳的辮子沒有很長，」他說：「如果太長，就很難把這些汙泥洗掉了。」

我張開嘴巴，原本想跟他說我第二大心願就是留一頭長頭髮，但是我沒說出口，我知道他說的也許是對的。

瓜米和我陪著納納把沒賣完的花生還給安東先生。安東先生住在一間既破爛又簡陋的小屋，屋外有一隻三條腿的貓咪，正一瘸一拐的在漫步。

這隻貓咪雖然讓人覺得毛骨悚然，但是安東先生很仁慈。他不僅付錢給納納，還從他和他太太的晚餐裡分出一點食物給我們。

之後我們轉入一條小巷弄，到處散落著廢棄的木板條、塑膠碎片、硬紙板，還有東一坨、西一堆隨意棄置的建築材料箱子。在夜晚斑駁的光線裡，益發顯得詭異。納納帶我走到巷子底，他在那兒把兩個大箱子擺在兩邊，利用中間的空間，搭建了一個臨時的屋子。屋頂和後牆是由木頭和硬紙板混搭起來的，前門是一塊塑膠板。我對納納的建造成果大感佩服。

不過，我不需對他說奉承話。他都是自己做的。當他看見我用敬佩的眼神看著他的小屋子，他說：「這是一間很棒的屋子，而且都是我自己做的。只要妳也長到差不多十歲，就有能力做這類的事了。」

我們爬過塑膠門簾，貪婪的吃著安東先生和太太留給我們的剩菜。納納很高興看見我有毯子，當我把毯子蓋到我們兩個身上，他就更開心了。

瓜米在我身邊躺了下來，牠把背靠在我的手臂上。我們沉默的躺了一會兒，然後納納就開始說話了。我很快發現納納很愛講話。他總是有話可以說。

「我已經很久很久沒有擁抱過任何人了。」他說。

我想起我的家，我每天晚上都是抱著阿瑪奶奶。我的胸口湧出一絲疼痛，很想很想跟她在一起。

「我會跟妳一起去美國的。」

我被他的話嚇了一大跳。

「為什麼？」

「因為妳只是一個小小孩，妳可能會受傷或迷路。妳身邊需要一個比較年長的人，就像我這樣，可以幫助妳。再加上妳對這個世界幾乎是一無所知啊！」

這倒是真的。我對這世界幾乎是一無所知。

「而且我們現在可以說是好朋友了，妳跟我。」納納繼續說：「所以我當然要幫妳去尋找阿瑪奶奶的藥。這是好朋友之間應該要做的事情。」

「但是你在這邊的工作怎麼辦？」我問道：「還有這間小屋子呢？屋子就這樣留下來沒有關係嗎？」

納納發出了一個嘲弄的咂嘴聲，這種聲音的意思是，「妳這小小孩對生命真是一無所知。」

「我不過是路過這邊而已。每隔幾週我就會搬家，我不希望被我爸爸找到。」

「他一定是個非常壞的大壞蛋。」

「是啊。所以呢，我可以跟妳一起去嗎？」

我沒有思考多久，有個人作伴可是一件好事呢。

我聳聳肩膀，「好啊。」

做好這樣的安排，我們就睡著了。

直到第二天早上，我們被門簾窸窸窣窣的聲音給吵醒。

第五章　拜訪銀行

納納、瓜米和我凝視著蹲在我們面前的三位大人。其中兩個是男人，一個是女人。那個女人留著又長又美麗的辮子。他們三個人的穿著既時髦又筆挺，就好像正在阿克拉參加很重要的商務會議。我很少見到穿著這麼正式的人物，不禁被嚇到了。

其中一位有雙大耳朵和滿口雪白牙齒的男人，連珠炮似的對我們說著方言。納納和我茫然的看著他，因為我們兩個都不會說這個地方的方言。大耳白牙先生最後終於搞清楚我們聽不懂，於是轉而說英語。

「你們是誰？」

我嚇得說不出話來，所以對納納點點頭，鼓勵他來回答。納納並不害怕，他盯著大耳白牙先生的眼睛說：「Bonjour. Je suis Ghanaian.」（譯注：意思是「你好，我是迦納人。」）

那三個大人張大眼睛看著納納。也許他們是想要搞清楚他是不是瘋了。然後他們轉向我。我說話的時候渾身發抖。

「先生、女士你們好，這個男孩叫納納，我叫菲姬。」

「菲姬？」那位留著辮子的女人搖搖頭說：「真是個怪名字。」

我很想跟這位女士說，雖然菲姬這個名字在迦納可能是個奇怪的名字，但是說不定在世界其他的地方，這名字很常見。因此每當別人知道我的名字叫菲姬，他們不會說：「真是個怪名字。」而是可能說：「又來一個叫菲姬的。我今天大概已經遇到二十位叫做菲姬的人了。菲姬、菲姬、菲姬。這個名字真是普通，我聽都聽煩了。」

不過，我沒有對這位留著辮子的女人說這些話，因為她可能覺得我很失禮。阿瑪奶奶一直提醒我必須尊重比我年長的人。

大耳白牙先生插著腰。

「不管你們是誰，你們這些惹麻煩的小鬼，必須馬上、立刻回去你們自己的家裡。我們今天要在這塊基地上開始建設，我們不需要任何納納或佛姬——」

「是菲姬。」納納糾正他。看他一副被惹毛的表情，我以為大耳白牙先生會撲過來，徒手掐死納納。還好，很幸運的，他留在原地，彷彿沒有被打斷一樣繼續說著：「——來妨礙這裡的工作。所以趕快，你們趕快離開！」

我抓起瓜米的繩子，納納抓起我的背包和毯子，然後我們握住對方的手。

我們邁開步伐正打算離開的時候，那位留著辮子的女人抓住我的肩膀，阻止了我。

她在我耳邊急迫的小聲問：「這個瘋子般的納納有沒有對妳怎麼樣？妳的眼睛出了什麼問題？」

「菲姬在兩歲的時候發生意外，被一支灼熱的火鉗傷到，」納納在我講話之前就搶先回答：「他們只好把她的眼睛挖掉。我自己也有一大片的灼傷，就在我的大腿上，我猜妳也會想要看一下……」

納納放開我的手，以便掀起他的褲管，但是那位女士飛快的跑走了。

「好吧，那就下一次再說啦！」納納對著她揮揮手，愉快的大喊：「Au revoir!」（譯注：意思是「再見！」）

我拉住納納的手臂。我們得趕緊離開，以免他待會兒惹出什麼嚴重的麻煩。

「我剛剛講的那一句，是法文喔。」他很自豪的說，一邊拉了拉幫我背的袋子，好讓自己的肩膀舒服一些。「他們在法國講法文。法國跟德國一樣，都是位於歐洲的國家。妳知道嗎？」

我不知道。不過我本來就對這個世界了解得很少。

我們在附近找到了一輛往北開往庫馬西的丘丘車，納納付了我們兩個人的費用。幸好這位司機並沒有對瓜米坐進丘丘車大驚小怪，他很熱心的揮手叫我們通通上車，還比著手勢要我們坐到前面，坐在他身邊。

這位司機人很好，雖然你可能從他外表看不出來。他身形高大、臃腫，只剩兩顆牙、頭髮稀少（只剩幾撮灰色頭髮），其中一隻眼睛是血紅色的。他是那種讓人一看就害怕的人，如果不認識他，可能還會刻意避開他。

這真是一件有趣的事情，一個人的個性常常跟外表是不相符的。

阿瑪奶奶也是這樣，她很高大，令人望而生畏。她的臉也不是長得很吸引人；她跟我說過，她們家把好看的長相都留給她姐姐了，而她自己只得了一個大鼻子，兩眼又長得太靠近。

阿瑪奶奶的眼睛很深邃，眼珠邊緣跟眼珠子裡頭是同樣的顏色，看起來就像完全沒有瞳孔一樣。而且奇怪的是，阿瑪奶奶睡覺的時候眼睛是張開的。我的朋友蘿德蘭有一次留下來住我們家，就被這件事嚇到了。蘿德蘭因為睡不著，看見阿瑪奶奶的眼睛還張著，就跟她說話。但是阿瑪奶奶其實已經睡著了，所以沒有任何回應。蘿德蘭以為阿瑪奶奶死掉了，大聲尖叫，把所有的人都驚醒。

在了解事情的前因後果後，我大笑不已，笑到眼淚都從臉頰上滑了下來，直到後來阿瑪奶奶說要拿手杖打我，我才停下來。我知道，她不會拿手杖打我，但是我還是不再笑了。我不想讓阿瑪奶奶覺得難堪。

雖然阿瑪奶奶看起來有點嚇人，但她的為人卻是眾人之中最仁慈、最慷慨的。問問我們村莊裡的人，哪個人不敬愛她？

還有我的表弟，奎西。每個人都覺得他既可愛又英俊。他今年才五歲，但是我們村莊的婦人都說「奎西應該會娶到一位漂亮的老婆」，還有「以後他的小孩一定長得很漂亮。」

奎西也許看起來像個天使，但卻是我們村莊裡最頑皮的小孩。

也許在全迦納，甚至全世界，都是數一數二的。吃飯的時間還沒到，他就會從櫥櫃裡拿出食物來。他會把東西藏起來，不讓波佩圖雅和我知道。他在學校也非常不守規矩。

這位丘丘車司機就像阿瑪奶奶，看起來挺嚇人的，但卻是我所遇過笑容最燦爛的人。雖然他只會講一點點英文，還有我們不熟悉的方言，所以我和納納幾乎聽不懂他在說什麼，但這一點關係都沒有，我們依然開懷大笑。

我們抵達了庫馬西，當地陽光耀眼，周邊活動熱鬧滾滾。我比之前更有信心了，雖然身上沒有錢，但是我相信我們一定可以抵達美國，找到最好的藥物，拯救阿瑪奶奶的生命。

我們都餓壞了，於是納納從某個路邊攤買了兩份雞蛋三明治和三罐塑膠瓶裝水。我從袋子裡拿出一顆蘋果給瓜米吃。我們就坐在路邊吃了起來，一邊望著來來往往的行人，一邊討論接下來的行程。

「我們可以先找工作，」納納說：「等過了幾個禮拜，我們存了些錢，就可以再次往北邊旅行。」

但是他並不了解，我沒辦法再多等幾個禮拜。阿瑪奶奶到時候可能已經上天堂了。我們村裡的醫生讓人信不過，他可能沒那能耐讓阿瑪奶奶活那麼久。

他只會讓她躺在床上，到時候她就會躺在床上，也死在床上。

我跟納納提起這一點，他點點頭，額頭皺了起來。然後他的臉色又亮了起來。「我知道該怎麼辦了！等妳抵達美利堅高蹺國的時候，妳不是要跟銀行貸一筆錢，買妳祖母的藥嗎？」

我點點頭。

「那妳何不現在就去貸款呢？」納納把他最後一口三明治吞下去，抓住我的肩膀。「庫馬西這裡就有很多家銀行！」

「萬一他們不肯借我錢呢？我只有八歲啊。」

「我快要十歲了，」納納把鼻子朝天空一頂，說道：「只要我一解釋，相信他們一定會借錢給我。有人跟我說過，我的長相很容易博得信任感呢。」

銀行在一棟很大的建築物裡面，前門外頭站著四位不苟言笑的警衛。

納納大步朝著銀行的大玻璃門走去，我尾隨在後，但是警衛擋住了我的去路。

不知道是什麼原因，有一位警衛的鞋子一隻是黑的、另一隻是棕色的。難道他原本買的就是這樣的鞋子嗎？或者今天早晨從鞋櫃拿鞋的時候，他沒有注意到拿了不同顏色的鞋子出來？又或者是他搞丟了那雙棕色鞋子的左腳，還有黑色鞋子的右腳，他覺得剩下的鞋子顏色頗為接近，所以一起穿出來應該沒什麼關係？我們村裡有位婦人也經常穿搭著奇怪的鞋子和襪子。不過那是因為她有色盲，也許這位警衛也有色盲。

「妳不可以帶著那隻山羊進去銀行，」另一位鞋子搭配合宜的警衛開口。

納納來到我的左邊，「為什麼不行呢？這是歧視。」

我不懂「歧視」是什麼意思，但是聽起來很時髦、很像大人講的話。

「瓜米跟人一樣聰明。」

「這是真的。」我害羞的點點頭，「每次只要你呼叫牠的名字，牠都會過來。我的表弟奎西就不會。我們叫了又叫，但是只有阿瑪奶奶威脅要拿手杖打他，奎西才會出現。她絕不會用手杖打他的，但是──」

「我不在乎妳的表弟或妳的阿瑪奶奶，反正這隻山羊不能進到裡面去。」

我很希望配錯鞋子的警衛可以說說話，也許他會比較友善。不過我還是應了那位警衛的要求，把瓜米綁在一根金屬欄杆上。我們留下瓜米時，牠憂傷的望著我們，我覺得糟糕透了。經過那位鞋子穿搭無誤的警衛身邊時，我很想踢他的小腿，但是我沒這麼做，因為那樣太失禮了。

銀行的木質地板似乎漫無止境的延伸過去。大人們走過去的時候，行色匆匆而堅決，大部分的人都穿著套裝或很整潔的洋裝。少數幾個人饒富興味的看著我們。我們不是衣著時髦的大人，而是兩個髒兮兮的小孩。

我們終於來到一張大桌子旁邊，上頭有個標誌——**一般業務詢問處**。至少這是納納跟我說的。我很想問他，有沒有桌上貼著「**醫藥費用**」或者「**請到這裡接受幫助，你需要多少錢，我們都會借給你**」的標誌。不過納納好像很清楚應該怎麼做，所以我繼續閉著嘴巴，注視著坐在桌子後面的那位女士。

她是銀行裡面唯一一位女性行員，她正在吃一碗堅果。她吃堅果的節奏非常規律：用拇指和食指撿起一顆堅果，快速丟進嘴裡，咬個幾秒鐘，吞下去，舔舔嘴脣，然後再拿另一顆來吃。我在想她一天到底可以吃掉多少堅果啊，因為她很快就要吃完她碗裡的堅果了。這位女士不停的吃著她的堅果，直到納納清了清他的喉嚨。

「嗯哼，嗯哼。」

她終於看了過來，很驚訝的看見我們兩個站在那裡。我們比大人矮多了，所以我們的眼睛高度剛好夠讓我們從桌子的邊緣望過去。

「午安，女士，打擾了。」納納的聲音既清晰又成熟穩重，「我們來到貴銀行——我們是指我自己和我的好朋友菲姬——想來申請貸款。」

「貸款？」這位女士說。她在說話的時候，嘴裡還嚼著一顆堅果。納納挑起他的眉毛看著我。我看得出來，他是在擔心這位女士不知道什麼是貸款。

「是的，貸款。當銀行借錢給一個人，之後這個人——」

「我知道什麼是貸款！」這位女士說到一半突然停下來，又往自己的嘴巴丟進另一顆堅果。「我為什麼要貸款給你？」

「我的朋友菲姬正在旅行前往美利堅高蹺國，去幫她阿瑪奶奶買一些藥回來。她不希望她的阿瑪奶奶死掉，因為她是她全世界最親愛的人。如果阿瑪奶奶不能再照顧菲姬，菲姬就會被送到孤兒院去。」

這位女士瞇起眼睛看著納納，就好像完全聽不懂他在講什麼話。但是納納卻被這位女士的沉默鼓舞了，繼續陳述他的話。

「我們只是很年輕的迦納人，沒有什麼錢。這就是我們的困難，因為沒有錢，我們就不能旅行到美利堅高蹺國，去買美國特別的藥。如果你們願意借錢給我們，我們保證，」納納將兩隻手緊緊握在一起，就好像在禱告一樣，「我們一定會盡快還錢。」

納納咧開大嘴一笑。那位女士沉著一張臉。

「我真不知道你到底在說些什麼，」她說：「不過就算你符合貸款的資格，你也必須先在我們這邊有個帳戶，才有可能貸到一筆錢。」

我將手伸進納納的口袋，拿出他剩餘的錢，總共是一個塞地和七十五個比塞瓦幣，然後把錢放在這位女士的桌上。錢幣在這光滑無比的桌面上發出噹啷啷的回音，我問：「那現在可以給我們開一個帳戶了嗎？」

那位女士從鼻腔發出一聲嗤笑，她的嘴裡噴出少許被咬碎的堅果，掉到桌面上。她用手把碎屑掃掉。

「那些錢不夠用來開戶，也不夠拿來貸款。」

「但是，我們就是因為錢不夠，才要來貸款的啊！」納納說得很慢，就好像他說話的對象是個小小孩。

「我們的制度不是這樣規定的。」

納納雙手插腰，瞪著那位女士。

「它應該要這樣規定才對。」

我贊同納納的意見，但是他不應該跟這位女士爭吵。我暗自決定，如果納納可以跟阿瑪奶奶碰面，我會要求她幫他上一課：如何尊重比你年長的人。

「對我的態度不要這麼粗魯，年輕人，」這位女士說：「先不提你是否缺錢，我們也不能把錢借給像你年紀這麼小的孩子。」

「我們已經夠大了！」納納忿忿不平的說。我真希望他長高一點；事實上他還無法好好的越過桌子看過去，這點就毫無幫助了。

「那你幾歲了？」

納納思考了一會兒。

「我二十歲了，五月的時候就二十一。」

果不其然，這位女士根本不相信他；事實上，她看起來很生氣。這次她一口氣丟了四顆堅果到她嘴裡。

「我命令你們馬上離開銀行！」她說：「不然警衛就會來把你們趕出去。」

納納張開嘴巴，還想繼續爭辯，但是我抓住他的手臂，將他拉走。我們再次走過木質地板，與許多穿著時髦套裝的人擦身而過，從那片龐大的玻璃門走出來。

我真的真的快哭了，沒有錢，我們怎麼到美國呢？

納納在我身邊說個不停，他說銀行的那位女士什麼都不懂。她可能是第一天來銀行上班。她對堅果的興趣，遠超過對工作的興趣。還有，我們一定會找到去美國的方法，一旦我們抵達美國，富有又明智的美國銀行，一定會借錢給我們買阿瑪奶奶的藥。

我聽了覺得好過一些。

我們走到剛剛用來栓著瓜米繩子的金屬欄杆旁邊。

發現瓜米不見了。

第六章　藍眼男孩

我很肯定自己用來栓住瓜米繩子的方法絕對沒問題——我五歲的時候，阿瑪奶奶就教我如何正確的綁好繩結。我也確定，只要我跟瓜米說過我會回來接牠，牠就不會跑走。牠非常的愛我，一定是有人把牠偷走了。

我朝著馬路跑過去時跌倒了，感覺到心臟在我胸腔沉重的砰砰跳著。我幾乎沒有注意到兩邊快速飛馳的計程車和丘丘車。有一輛計程車緊急轉彎避免撞上我，司機按著喇叭，從窗口對著我大吼大叫。納納在我後面呼喊著，想要追上我，但是我不能等他。我必須找到瓜米。

在馬路的另一邊，有一座喧鬧的大型市場，而站在市場前面的正是……

瓜米。

一群男孩子圍繞著牠，用他們的小手拍著牠。有一位高個子的男孩子抓著瓜米的繩子。

我還來不及喘口氣，納納已經從我身邊衝過去，將那個高個子男孩扭打在地。衝突一觸即發，其他的男孩子不管瓜米了，他們抓住納納的手臂和腿，想要把他拉走。場面更加混亂，許多肢體扭成一團。納納和那位高個子男孩最後從這團混亂中脫離出來，兩個人站在那裡，大眼瞪小眼，怒目相對。

納納真的很傻，才會去跟這個男孩打上一架：納納的頭頂甚至還沒到那男孩的肩膀高度。那男孩肌肉發達，聲音低沉，就跟成年男子一樣。以迦納人來看，他的膚色偏白，所以我猜想他的雙親至少有一人是白人。

我這輩子只見過兩位阿巴魯尼斯人（迦納人稱白人為阿巴魯尼斯

人）。第一位是兩三年前在我們學校裡教課的一位女士。她說的英文有種奇怪的腔調，很難聽懂她在說什麼。不過她對我們很好，經常帶甜點來學校。第二位阿巴魯尼斯人是位先生，有一天他來敲我們家的大門，跟阿瑪奶奶詢問了許多問題，包括我們吃什麼食物、我們去哪些地方、我們這些孩子多常去學校等等。阿瑪奶奶說他好管閒事。

我對這兩位阿巴魯尼斯人非常感興趣，尤其是那位先生，他的頭髮是淺黃色的。

但是他們又讓我有點失望，因為在大部分有關阿巴魯尼斯人的照片中，我都看到他們有藍眼珠。但是這兩位阿巴魯尼斯人卻是普通的棕色眼珠，跟我所認識的每個人都一樣。

不過現在站在我前方的這位——有一半阿巴魯尼斯血統的男孩子——卻擁有一雙非常湛藍的眼睛。這雙眼睛正盯著我看。我很好奇納納如何在他的注目之下，還能保持不眨眼。

這男孩先用他的方言說話（我們都聽不懂），然後才轉為說英語。他的英語既清晰又明快，人看起來很聰明。我很好奇他的衣服為什麼破破爛爛的。

「你為什麼要攻擊我，小男孩？」他問納納。

納納將手插在腰上。納納跟我一樣，很不喜歡別人說他還很小。

「你偷走了菲姬的山羊！」

「誰是菲姬？是那邊那個只有一隻眼睛的女孩？她叫菲姬？」

「不要用這種口氣叫她的名字！也不要提到她失去的那隻眼睛。你這樣很沒有禮貌。」

那男孩不理納納，轉向我說：「很抱歉帶走了妳的山羊。」他很有禮貌，「我們只是在跟牠玩，因為我們以為牠被遺棄在那裡了。」

「沒關係。」我害羞的說。

納納的手還插在腰上，「難道你就這樣道歉了事？」

那男孩瞪著納納，「這關你什麼事，小男孩？」

「菲姬是我最要好的朋友，而瓜米是我見過最乖巧的山羊。牠──」

那男孩對納納置之不理，轉向我說：「我叫法蘭克。妳來這裡做什麼，菲姬？」

我跟他解釋阿瑪奶奶生病的事，然後我們要旅行去美國，還有我們需要錢。

我和法蘭克交談時，沒有注意到納納在一旁板著臉。我被法蘭克那雙眼睛給迷惑了。

法蘭克說他十二歲了。（納納對這不太開心，我聽到他「哼」了一聲。）

他的爸爸是英國人，住在英國，但是法蘭克七歲時，和他的迦納籍媽媽回到迦納。我對他刮目相看。我本以為納納對這世界很了解，但是法蘭克卻是曾經住在世界的另一個區域啊。

「爸爸應該要寄錢給我們，供應我們學費和飯錢，但是他從來沒這麼做過。」法蘭克聳聳肩說：「所以我和媽媽，跟我阿姨、舅舅還有表兄弟姐妹住在一起。」他對圍繞在他身邊的小孩比了個手勢，其中有幾個小孩還在跟瓜米鬧著玩。

法蘭克突然睜大眼睛，咧著嘴笑了起來。

「妳需要錢，對不對？」

我點點頭。

「妳願意跟我的家人一起在市場工作嗎？我們會給妳地方睡覺，給妳一些工作做，幫助妳到美利堅合眾國去。」

我有點困惑，「你是不是指美利堅高蹺國？」

「妳說高什麼？」

「納納說北美是這樣稱呼的。因為每個人都踩著高蹺走路，而且——」

法蘭克猛然大笑起來，他笑了又笑，笑了又笑，直到變成嚴重的咳嗽。

他的好幾個表弟跑過來幫他猛力拍著背，好讓他平緩下來。當法蘭克復原之後，他轉向納納，依然滿臉通紅。

「你是打哪兒聽到的這種事？美利堅高蹺國？你真是超乎我想像的瘋狂！」

法蘭克領著我們走向市場，一路還在哈哈大笑。

我從一個小孩手中抓過瓜米的繩子，跟著法蘭克走，一邊往後看了一眼，以確定納納是否也跟上來。他低頭看著腳，拖著腳走路，我對納納感到很抱歉。法蘭克那樣嘲笑他，實在太沒有禮貌了。

但是我們得將法蘭克拉入我們的陣營。他說過要幫我們賺錢，還會給我們地方睡覺。而且法蘭克比我們年紀大上許多，還有一雙令人目眩的藍眼睛，又是半個阿巴魯尼斯人，而且，最重要的是，他對這個世界了解得真多。納納呢，只是知道一些德文和法文，已經不像當初那樣讓我佩服了。

庫馬西的市場很大，攤子一排又一排，販賣著你所需要的任何東西：瓶罐、醫藥、衣料、衣服、鞋子、珠寶、書籍、筆、袋子、細繩，以及各式各樣的食物。

攤位主人此起彼落的吆喝著，想要說服路過的人來買他們的東西。其中一個叫著：「落花生！」另一個叫著：「冰水！」又有一個叫著：「雞

蛋！來買雞蛋喔！」有位婦人把我拉過去她的攤位看她賣的魚。這些魚的味道聞起來太可怕了。當我發現法蘭克和其他孩子在遠處消失不見，不禁心焦如焚，這位婦人一直很有禮貌的跟我說話，我根本無法脫身。

幸好納納抓住我的手，把我拉走，一邊說著：「Mi dispiace, Signora.」（譯注：對不起，夫人。）那婦人注視著我們離開，完全被我們弄迷糊了。

「你剛剛說哪一國話？」我問。

「義大利文。」納納簡短回答，一邊帶著我穿過擁擠的人群，匆匆趕上其他人。

我們趕到他們的家族攤位之前，天已經漸漸暗下來了。他們的攤位既

小又破舊，左邊堆放著各種顏色和花樣的布料，右邊則是一大堆椰子。

我們和法蘭克以及他的表兄弟姐妹共享了味道怪異的燉菜，之後法蘭克告訴納納和我，我們隔天要幫忙賣椰子。他給我們一人一把刀子，讓我們練習把椰子切成對半。

出人意料的是，我很快就學會這項技術。納納卻老是做不好。你可以從他額頭上不斷冒出來的汗珠看出來，他非常認真的嘗試，但就是連一顆椰子都切不開。法蘭克不斷取笑他，法蘭克的家人聚在旁邊也取笑他。然後法蘭克用方言說了一些話，他們笑得更厲害了。我想他應該是跟他們說美利堅高蹺國的事了。當納納把刀子丟開，我猜他已經哭了。

在這個家族攤位的後面，有一間歪斜的棚屋，那就是大家睡覺的地方。我們大約二十個人，全都擠進這個小小的空間，幾乎是躺在彼此的身上。

我幾乎快睡著了，但是沒多久就被外面傳來的吵雜聲吵醒。聽起來好像是某種東西被一次又一次的敲擊著。我周圍的人都睡熟了；法蘭克躺在我身邊，睡得一臉滿足，我猜想他可能是夢到英國了。

但是等我坐起來檢查納納的狀況時，卻沒看見他躺在剛剛睡覺的那個角落。瓜米還在，牠的胸膛緩緩的起伏著，但是納納不見了。

我的眼淚不斷從眼睛裡湧出來。納納會不會已經離開我，跑走了？還有外面那個吵雜的聲音是什麼？是不是有人在傷害他？

我飛快起身，踮著腳尖，努力不要踩到任何人。我走出棚屋，外面不是全然的黑暗，因為月亮圓滾滾的，非常明亮。我跟著噪音走，來到轉角，進入一條骯髒狹窄的小巷子。我發現納納了，他滿臉淚如雨下。

他的腳邊有三顆椰子，而他的手沾滿了血，握著第四顆椰子。他正一次又一次努力的戳著椰子，就用手裡的那把刀子。

第七章　椰子與鼓手

我叫喊著要納納停下來，但是他繼續戳著椰子，彷彿不知道我站在那裡。我用力抓住他的手腕，他才不再繼續戳刺。納納把刀子連同椰子丟到地上，然後使勁的從我的手中把他的雙手掙脫出來，然後坐了下來，彎曲著膝蓋，把頭埋在兩腿之間。我很不喜歡看見他現在這個樣子。

我需要拿些東西來清潔納納的傷口，所以我回棚屋去拿了一小瓢水，以及我袋子裡備用的寬鬆外衣。我應該不需要這件外衣；納納只需要一套衣服，那我應該也一套就夠了。

納納有很多傷口，有些傷口還很深。這些傷口一定很痛。當我在清潔、包紮他的傷口時，納納都很安靜。這種沉默令我非常擔憂；他通常都是話講個不停的。

「怎麼了？」我低聲問他：「你為什麼要現在切椰子，四周黑漆漆的。」

「我必須練習。我必須切得很正確，才能賣出椰子，賺錢讓妳去美利堅高蹺——美利堅合眾國。然後妳才能幫阿瑪奶奶買她需要的藥。」

「但是你可以早上再練習啊，而且——」

「我必須跟大家證明我不是又笨又瘦弱！」納納用他沒受傷的手扯著頭髮。我從沒看過他苦惱的模樣，這把我給嚇壞了。「我不是沒有用的人，我不是只會浪費時間、食物、空間和金錢！」

「是誰這樣說的？我絕不會這麼想。請先靜止不動，納納。我要包紮你的手。」

「妳就是這樣想！每個人都這樣想！那個藍眼珠的男孩子法蘭克覺得

我又笨又瘦弱，他的家人嘲笑我，妳也沒有阻止他們。」

「我很抱歉，納納，我不是——」

「我以為只有我爸爸對我是這種想法！妳看！他就是用這個理由鞭打我的！」

納納抽出被我握住的手，然後站起來，把背轉向我，拉起他的襯衫。我倒抽了一口氣。月光下，他那骨瘦如柴的背上顯現出縱橫交錯的長條銀色疤痕。納納說過他爸爸人很壞，而且還會打他。但是我從沒想過會有這樣的疤痕，看起來非常恐怖。

我小心翼翼的把納納的襯衫放下來，拉著他坐下來。幫他包紮完手掌之後，我緊緊抱住了他，不讓他掙脫，就這樣持續了好幾分鐘。當我們分開之後，我說話了。

「你爸爸對你的評語是錯的。而法蘭克和他的家人很愚蠢。他們根本不了解你是多麼聰明勇敢！你從你爸爸身邊逃走，而且現在正在協助我。你會不會切開椰子，根本無關緊要。」

納納看起來依然很憂傷。他兩眼都是血紅色的，又因為哭泣而腫了起來。

我親了親他的前額。「你一定要相信我，好嗎？」

納納聳聳肩，微微的笑了笑。「好吧，菲姬。」

我拉住他完好的那隻手，帶著他走回棚屋。但是我沒有回到我原先睡覺的地方（也就是法蘭克隔壁），而是蜷伏在角落裡，剛好擠在納納和瓜米中間。

第二天早上，我們準備開始著手一天的工作。納納因為手一碰就痛，沒有辦法賣椰子，所以他改成幫忙送布料和衣服訂單的貨。我不想離開納納和瓜米，但是納納承諾他們會彼此照顧。我離開之前，對他們兩個都大大的擁抱了一下。

這一天漫長、炎熱又讓人筋疲力盡。我的腿因為站了幾個小時而疼痛，我的手臂則因要用力切開椰子而痠痛不已。我在主要的道路上來來回回，走過來又走過去，走過來又走過去，直到終於天黑了，我們回頭走向市場。我口袋裡的硬幣叮噹響著，告訴我賺了些錢了。我用盡所有的意志力，才阻止自己花幾個比塞瓦幣買東西吃。我的肚子咕嚕咕嚕叫著。我從早餐之後就沒有吃東西了。

當我們回到法蘭克家人所在的市場攤位，我大口大口連喝了三杯水，然後撲通倒在地上。周遭一片忙亂，聽起來這家人正在準備晚餐。

過了幾分鐘，我感覺到有人躺在我身邊。我側過頭，和法蘭克的藍色眼睛對個正著。我趕緊又把眼光投向天空，以免又被那雙眼睛給迷昏了。

「你不要再對納納那麼壞，」我說。

我以為法蘭克會跟我爭論，所以聽到他的回答時，我很驚訝。

「納納已經對我講過一樣的話了。這小孩還很小，雖然有點怪，但也滿有威嚇力的。」

納納能夠捍衛自己，我很為他感到驕傲。

「妳的椰子賣得怎麼樣？」

「我想，應該很不錯。」

「媽媽說妳可以把賺的錢留一半下來。她也給了納納一些錢，今天他一整天都在幫忙送布料訂單的貨。」

「我一直在送！」納納在我另一邊撲通一聲坐下。已經有人幫他清潔過手上的傷口，並且重新包紮好了。「我拜訪了很多人，包括歐圖太太，她已經被困在房子裡面整整一年了。她一直都病著，所以沒有人願意靠近她。」

法蘭克搖搖頭說：「你真是個笨蛋，還親自跑去靠近她。上星期有人說她得了傷寒，但是她沒有足夠的錢可以做任何處理，所以她只能坐在自己的屋子裡等死。」

「我跟你說過，不要再叫我笨蛋，法蘭克！」納納說：「生病的人比健康的人，更需要有人去拜訪他。」

我不知道他們是怎麼得到傷寒的。兩年前，我們村莊裡有三個小孩因為得了傷寒而死掉了，從發病到死亡只有短短幾週的時間。沒有人知道他們是怎麼得病的（包括村莊的那名醫生，不過這倒也不讓人意外，他真的是個糟糕透頂的醫生。）

我唯一生過的病，就是瘧疾，那是從病媒蚊身上得來的。我發燒、頭痛，難過得要命，很幸運的是，治療瘧疾的藥並不會很昂貴，我又很早就服了藥。阿瑪奶奶對於我得了瘧疾，感到非常震驚，因為她一向認為，我們家人的皮膚強韌得很，蚊子應該叮不進去。

但是蚊子叮進我的皮膚了。她幾乎一整個月都沒吃什麼東西，才拿得出錢買兩頂蚊帳給我們睡覺時遮蔽用。這麼一來，蚊子再也不能在晚上叮咬我們了。

法蘭克坐起來，看著納納和我。

「我不會得傷寒、黃熱病，或者任何一種病。我有接種疫苗。」

納納對我挑了挑眉，顯然跟我一樣，都聽不懂什麼是「接種疫苗」。法蘭克對著我們兩張困惑的臉，搖了搖頭，就好像正在想著：「這兩個小傢伙，從來沒有離開過迦納，他們對這世界什麼都不懂。」不過，他接著就跟我們解釋了。

「接種疫苗，就是讓你不會生病的藥。要拿到這種藥很容易，比如美國或英國，你想要什麼藥，他們通通都有。」

「這麼說，在英國或美國的人，什麼病都治得好囉？」我問。

法蘭克輕蔑的哼了一聲：「當然不是。他們還來不及發明治療所有病症的藥呢。」

我在心裡默默的祈禱：希望治療阿瑪奶奶的藥，已經發明出來了。否則千里迢迢跑到美國就毫無意義了。

我被自己的這個想法給壓垮了。

吃過晚餐之後，法蘭克跟我們說，附近有支鼓樂隊在表演，他和他的表弟妹們都要去那邊跳舞。我不想過去，我的腿和手臂都痠痛得要命。但是納納聽了之後很興奮，所以我也假裝自己很興奮。我抓起瓜米的繩子，納納抓起我的背包和剛剛賺到的錢，我們跟著一大群的小朋友，往市中心走去。

有一大群人聚集在一個架高的木質舞臺周邊。鼓手還沒有抵達，但是音樂已經開始了；一架舊的立體聲音響震天價響，帶起激烈的晃動，好像快炸翻天了。所有的人都在跳舞，我從沒見過這麼多人同時在跳舞。

我們擠進人群中，也跟著跳舞。（我把瓜米的繩子綁在我的手腕上，以免把牠搞丟了。）瓜米看起來不太開心，但是納納非常開心。他旋轉著兩隻手臂，兩腳膝蓋輪番往上高踢，扯開嗓門高聲歌唱，法蘭克和他的表弟們通通詫異的望著他。納納抓住我的手。

「來吧，菲姬，來跳舞！」

我大笑著模仿納納的動作，也往空中揮舞著我的手臂，瓜米在一邊瞪著我看。法蘭克的表妹阿肯娜用一塊布將她的小妹妹綁在背上，無比狂熱的跳著舞，背上的小妹妹被晃得團團轉——跟著上彈下跳、左搖右晃。

終於，鼓手抵達了。他們總共是六位既年輕又強壯的男人，在他們邊敲邊唱的時候，我們所有的人都在跳舞。我的腿幾乎感覺不到疲累了。

但是瓜米卻已經厭倦一直站著不動，最後決定躺到地板上，結果四周跳舞的人不斷的被牠絆倒。

表演快要結束的時候，其中一位滿頭細長髮辮的高大鼓手，徵求志願者上臺加入他們的團體。納納高高的舉起了手。我困惑的望著他，把他的手往下拉，他又再次把手舉起來。

「納納，你要幹什麼？你又不會打鼓！」

「我會啊！我以前一直都在打鼓的！」

法蘭克挑起了眉毛，對納納一臉刮目相看，他說：「那你就應該上臺好好的打打鼓！」

他用手臂環住納納的腰，將他舉到他的肩膀上，讓周遭的觀眾可以看見納納。然後納納再次把他的手臂往空中一舉，那位細長髮辮的男人很快就看見他了。

「就那個男孩！」他指著納納大喊：「就那位手上綁著繃帶的瘦小傢

伙！」法蘭克將納納放到地板上，納納一路跑向舞臺時，所有的人都在高聲歡呼。納納一臉歡欣鼓舞。

「你叫什麼名字？」

「納納。」

「每個人都跟納納打聲招呼吧！」

群眾喊叫著、歡呼著，對著納納揮手致意。

他的嘴巴咧得更大了。

「為什麼你的手整個都包起來了？」

「我在試著劈開椰子的時候，切到手了。」

「啊。那你的家人有跟你一起在現場嗎，小納納？」

「我沒有家人，我是一個獨立的男人。」

群眾覺得這樣的說法非常好笑，他們大笑著，狂拍自己的膝蓋。就連法蘭克的表弟表妹們都在笑。這非常怪異，因為他們都不會講英文，所以他們根本聽不懂那些對話才對。我也不怪他們會笑，就連我自己也經常對不懂的事情發笑。阿瑪奶奶很不喜歡我這樣做，特別是當她無法制止我的時候。

笑聲漸漸褪去，納納坐到一面大鼓的後頭，跟旁邊其他鼓手比起來，他看起來真的非常非常的小，然後他們開始演奏了。開頭的幾分鐘，我有點畏縮，心裡擔憂著納納受傷的手，會在他擊鼓的時候倍加疼痛，還好他的臉色顯然不受疼痛的影響，我才開始放開手腳，享受這段表演。納納真的很棒，而且是非常非常的棒，觀眾都很愛他。

他們高聲喊著、歡呼著。當鼓隊表演結束，每個人都跳上跳下的為納納慶賀，連法蘭克都高喊著納納的名字。

表演結束之後，群眾漸漸離去，我們等著納納。我們等了又等，等了又等，最後我跟法蘭克和他的表弟妹們說，我去找納納，然後再回去市場跟他們碰頭。

我跑到舞臺邊，卻看不到納納和那些鼓手。我開始擔心了，他們到哪兒去了？瓜米和我沿著舞臺四周安靜走著，直到來到舞臺的後方，連忙停下腳步，因為我聽到很粗暴的聲音。我從角落望過去，不禁屏住了呼吸。

納納被推靠在舞臺的牆壁上，那個高大、留著細長髮辮的男人，抓住他襯衫的前襟。長髮辮男人的打鼓隊友圍繞在他們兩人身邊。納納看起來嚇壞了，他的胸膛一上一下快速的起伏著。

我沒時間多想，只能依照腦袋裡蹦出來的第一個想法行動了。我跨步往舞臺的角落邊走去，以便讓鼓隊全部的人都看得見我。我渾身顫抖，連聲音也在打顫。

「納納？我想我們該回家了。」

第八章　追逐

七雙眼珠子陡然轉向我。長髮辮男人放開納納，朝我邁出一步。

「妳是誰，獨眼女孩？」

我好想跑走。

「我是納納的妹妹。我們必須回家了。來吧，納納。」

長髮辮男人將納納的頭挾在腋下，讓他無法移動。我遲疑了一下，朝他們跨出幾步。

「他說他沒有家人，」另一名鼓手說：「說他自己是個『獨立的男人』。」這男人輕聲笑著。我又走了幾步。

「他說謊了，我就是他的家人，我們必須回家了。」

「我才不相信妳，」長髮辮男人冷笑著說：「不管怎麼樣，小納納就是得跟我們走。他會在我們的表演裡演奏——觀眾都很愛他。」

我對這男人氣憤不已，這讓我內心充滿自信。「但是他不想跟你們一起走！」

「我不在乎他想幹什麼。我們的表演不像過去賺到那麼多錢了，而納納可以讓我們的狀況有所改善，我們到底是得吃東西啊。」

我現在離納納和長髮辮男人只有幾步遠了。鼓手們都在笑我，但是我知道他們已經快要發怒了。

而納納、瓜米和我，都會受傷。

納納用嘴型告訴我趕快跑，但是我不能把他一個人留在這裡。這些男人看起來很暴力。他們如果跟他爸爸一樣會打他，那可怎麼辦？

我還在猶豫應該怎麼做才好，那個長髮辮男人突然痛苦的大叫一聲。

他放開納納，用手抓住腿上剛剛產生的傷口。瓜米，這隻世界上最和平、最友愛的山羊，咬了他一口！納納乘機抓住我的手，領著瓜米和我全速狂奔。瓜米跟在我身邊快跑著，一路興奮的咩咩狂叫。

我們身後不斷傳來那些男人的腳步聲和吼叫聲。納納把我拉進一條黑暗的巷弄，我差點被一個桶子絆倒。起初我以為我們擺脫那些人了，因為他們轉錯了彎。但是過沒多久，我們背後再次傳來他們的叫嚷聲和粗重的腳步聲。他們快要趕上我們了。納納愈跑愈快，一路拉著我和瓜米跟在他身後。

幸運的是，我們跑到巷尾的時候，竟然發現路邊正好停著一輛計程車。坐在駕駛座上的男人，正大口大口吸著夾在手指頭上的香菸。

阿瑪奶奶教過我抽菸的壞處。她曾經在我們的社區報紙上，讀過一篇抽菸有害健康的報導。抽菸會讓肺腐爛，就算抽菸沒有讓肺腐爛，阿瑪奶奶也相信香菸就是浪費金錢，錢應該運用在比較有益的事物上，比如食物。

但是，我已經不能因為這位司機的壞習慣，而在那裡考慮著是否要進入這部計程車。他可以開車載我們遠離這些男人的追逐；在這當兒，我根本不在乎這位司機是否嘴裡同時抽著六根香菸，另外每隻手上還各有兩支菸。我想阿瑪奶奶這時候也不會介意的。

納納放開我的手，猛然拉開計程車的後門。納納、瓜米和我彎身進入後座，啪的一聲關上了門。

「開車！」納納喘著氣用英語說。司機轉頭面對我們，嘴上還叼著香菸，他一臉困惑。他這表情是可以理解的，畢竟他眼前是兩個衣衫襤褸、氣喘吁吁的小孩，身邊還帶著一隻咩咩叫的山羊，一聲招呼也沒有就跳進他的計程車。

這位司機往納納的方向抬了抬頭，然後看著我。

「我聽不懂他在說什麼，」司機用契維語說。很顯然的，他不會說英語。我可以透過計程車骯髒的車窗，看見那些鼓手暗黑的身影。那位長髮辮男人撿了一根木棍，正舉在頭頂揮舞著。

「開車！」我用契維語叫喊著。

「去哪裡啊，你們——」

「拜託，**開就對了！**」

這時候，一顆石頭撞上了計程車的後門，接著是撞上車頂。司機猛的一腳踩上油門，我們猛然往前一晃。納納和我從計程車的後車窗望著那些男人離我們愈來愈遠了，他們還在後面追，手裡握著石頭和木棍。但是我們很快就跟他們拉開了距離，最後，終於看不見他們了。

我們毫髮無傷的脫離了險境，真叫人難以置信。雖然在這場衝突中我遺失了袋子，但是我們的錢依然安全的留在納納的口袋裡。

「我想我們大概無法再看到法蘭克和他的家人了，」我說。

「對。回去可不是個好主意，我們最好繼續旅行。」我很訝異納納的聲音聽起來還是那麼冷靜。

我揚起眉毛，「反正你也沒喜歡過法蘭克。」

「他在最後的時候還好，而且他的家人都很好，但是我們必須繼續往前走。」

計程車司機清了清喉嚨。

「我不知道剛剛發生了什麼事，」他用契維語說：「也不知道那些追你們的瘋子是誰，幸好你們沒有對我的計程車造成什麼損害。我可不喜歡陷入什麼麻煩。」

司機深深嘆了一口氣：「好吧，我把你們載遠一點。我可不想擔起傷害小朋友的責任。」如果忽略掉抽菸這件事，我是愈來愈喜歡這位司機了。

當他在講話的時候，納納在一旁用英文跟我嘀嘀咕咕。他說在巴西，香菸裡面含有一種化學成分，會讓吸食的人額頭長出一隻額外的眼睛。我不知道他講的是不是真的，不過我不介意長出一隻額外的眼睛。

我剛好就只有一隻右眼。

納納最後沉默了下來，往我身邊靠了過來。他在發抖。我低頭看我的手，我的手也在發抖。我抓住納納沒有受傷的那隻左手，放在我的兩手之間。他的右手又開始流血了，繃帶變髒了。我很擔心到哪兒可以找到東西幫他重新包紮。瓜米絲毫不受那場緊張的追逐戰影響；牠把自己穩穩當當的擠進計程車的地板上，然後就睡著了。

計程車司機最後在馬路旁邊停下車，我想這是要我們下車的暗示，所以我把手探進納納的口袋，拿出一些硬幣。但是當我想要拿給司機的時候，他卻搖了搖頭。

「不用了，」他說：「你們把錢留著用。要小心壞人喔，好嗎？」

我跟司機握握手，推了推納納，再把熟睡的瓜米拉起來，從計程車裡跨出來。當我正要關上車門，納納伸出一隻手臂阻擋了我。

「妳可不可以跟司機說一些話？跟他說他看起來是個非常好的人，正因為如此，所以他應該戒菸。抽菸有害他的健康，我希望他長命百歲，快樂生活。」

我翻了翻白眼，不過還是把納納的話轉達給計程車司機聽。司機放聲大笑起來，等他笑完了以後，他說：「跟那個男孩子說，我會試著戒菸看看！還有我很感謝他為我擔心。」

天色已經暗下來了，如果現在走遠路去找個地方睡覺，並不安全。最後我們找了間小房子，就蜷曲在房子後方的地面上。我好希望我的毯子還在；因為這地面是石頭鋪成的，非常不舒服。但是我實在累壞了，所以倒也沒對我造成什麼困擾。

在我逐漸入睡之際，我的一些想法改變了。我並不認為這趟旅行會很容易，但是同時，我也沒有想到它會如此困難重重。那些打鼓的男人已經讓我意識到：不是每個人都會像法蘭克的家人那樣友善，有的人是很壞的。

第九章　旅行、吃東西、睡覺、工作

這趟旅行的前幾天充滿了興奮感、進展和危險。但是接下來的幾週卻如蝸牛爬行，進度緩慢。我們跌入一個固定的程序：旅行、吃東西、睡覺、工作、旅行、吃東西、睡覺、工作。有許多日子天氣酷熱難當，我們疲憊不堪，就只是在忙著找工作，經常餓著肚子睡覺。缺少食物讓瓜米和我都變得非常煩躁。

過去我們很少在一天結束的時候還餓著肚子。但是納納幾乎一直保持樂觀進取，連我對他惡聲惡氣，他也不會生氣。

我的煩躁，不只是因為餓肚子，也因為我非常擔憂我們旅行的速度太慢了。

當初離開村莊時，我以為我能在一、兩週內回去阿瑪奶奶身邊。不知道阿瑪奶奶的病情現在如何了？還有我們到底離美利堅合眾國有多遠呢？法蘭克說過它在很遠的地方，因為他曾經住在英國，對這個世界了解得很多。

我們一直都很疲累。我們經常睡在粗糙的地上，而且在晚上常常受到干擾，因為總會有大人對著我們喊「滾開，不要在這裡！」或者「趕快回家！」納納現在得了嚴重的咳嗽，有時候，晚上我們摟在一起睡覺時，他的皮膚會燒燙到讓我流著汗醒過來。他說他還好，只是小感冒。但是我很擔心他。

有一天，瓜米和我特別的煩躁。我們坐在丘丘車上，天開始下雨了。在我們村莊的家裡時，我是很愛下雨天的，我很喜歡觀看雨滴沿著窗戶滑溜而下，還有每當雨滴打在我們家的鍍錫鐵皮屋頂，發出啪噠啪噠的聲

音，總讓我覺得平靜。

我甚至很喜歡我家屋頂漏水的那個下雨天，我們家的地板都淹大水了。因為這麼一來，我們就可以到鄰居阿德瓦家過夜。阿德瓦為我們煮了我最喜歡的番茄風焗豆，然後又跟我們講了一個很刺激的故事，那是她住在肯亞的叔叔的故事。在一個暴風雨的日子裡，有一隻獅子從她叔叔家後面的窗戶爬了進來，蜷曲在他家的地板上。她叔叔拿出兩個平底鍋，猛烈的撞擊出砰砰砰的聲音，才把獅子嚇跑了。

但是自從開始旅行之後，我變得害怕下雨了。一下雨，我們就很難找到工作，很難找到食物，很難找到計程車或丘丘車。下雨天的時候，也很難找到睡覺的地方。有一次我們只能在一棵很細瘦的樹下抱在一起，渾身都溼透了，度過了一個很悲慘的夜晚。

有一天我們整天都沒東西吃，也沒錢可以買晚餐。納納不像平常那樣努力提升大家的情緒，因為我們已經愈來愈靠近納納的村莊，他很怕他爸爸發現他，把他抓回家。每次只要有人走向丘丘車，納納都會握住我的手臂，屏住呼吸，就怕坐上丘丘車的新乘客是他爸爸，或是某個認識他爸爸的人，又或者是認識納納、會將他帶回他爸爸那裡的人。我一直想說服他先睡一覺，才不會一直想這種事，但是他不肯。

「那誰來注意他？誰來看他有沒有上這部丘丘車？」他張大眼睛說。

「我來啊。跟我形容他的長相，如果他來了，我可以把你藏起來。」

納納思考了幾分鐘，然後說了一句話。

「太可怕了。」

「抱歉，你說什麼？」

「這是我對我爸爸的形容。他會是你所見過最可怕的人。」

這對我沒多大的幫助。我腦海裡出現的形象，是一個長得像野獸，有著紅眼睛、尖尾巴的人。

納納的爸爸一定不是長這個樣子。但是我沒有逼迫納納再對我多描述一些。他已經非常焦慮不安了。

反正，我一心只在自己的飢腸轆轆上。

「妳在做什麼？」

直到納納指出，我才意識到自己竟然把前座剝落下垂的布料，拿到嘴裡嚼著。

我難為情的把布料吐出來，把頭靠在窗戶上。「至少，這會讓我的嘴裡有個東西可以嚼。」

納納悲哀的對著我搖搖頭。我感覺得出來，他為我難過。他這舉止卻把我激怒了。可是在我對他發作之前，納納突然從座位上跳起來，全速衝到丘丘車前面。

一分鐘之後，他又回到我的身邊，他的嘴巴緊緊繃成一條線。

「你做什麼了？」

「我跟司機說，我們很快就要下車。我知道一個地方可以讓我們今晚有地方睡覺，那裡也有食物吃。」

我的肚子因為聽到「食物」而雀躍不已。「但是，那你爸爸怎麼辦？」

「我們就賭一下。」

我點點頭，然後把我剛剛在嚼的破損布料扯下一大塊，撕成三等份，拿一塊給瓜米，一塊給納納。

真是叫我吃驚！因為納納毫無異議的接受了，然後學我的樣子，也小口小口的咬著布料。瓜米把牠那一塊整個兒吞下去。

我們從丘丘車上下來，瓜米和我跟著納納，沿著一條荒涼、滿是汙泥的道路走下去。我不知道他要帶我們去哪裡，而且他也拒絕回答我的問題。

我真的很需要喝點水，剛剛咀嚼的布料上有線，正好卡在我的喉嚨裡。

天空依然下著雨，在我們抵達一面高高的圍牆時，天色已漸漸暗下

來。我想，勉強算是面圍牆吧。牆面上有許多洞，恐怕不論是誰或什麼東西想要進去，或者是出來，都不太堵得住。就像要印證我的想法似的，納納從其中一個缺口爬了過去。

「來這裡！快一點，菲姬！」

納納一般可不會這樣催促我們。當他把我拉進一棟東倒西歪的木頭建築物裡，我不禁抱怨連連。這裡只有一間房間，而且屋頂上面的洞，就跟我們剛剛爬過去的那面牆一樣多。

我們在角落找到一個乾燥的地方。納納要我坐到一張木頭板凳上，他自己則坐到窗口上。瓜米四處看了一下，似乎在想：「那些瘋小孩現在都到哪兒去了？」然後牠往我腳邊一躺，很快就睡著了。

我們好像來到了一個乏人問津的教室。黑板的兩支木頭腳架是扭曲的，面板已然脫落。地板上散落著幾張受潮的紙張，瓜米的頭旁邊有一枝筆頭已經鈍了的鉛筆。五張木頭長板凳（包括我坐著的這一張），並排在地板上，前面各排著一張細長的桌子，所有的板凳和桌子都是不同的尺寸和形狀。

這些難以配對的設備，讓我想起阿瑪奶奶的桶子收藏。有人說她打從六歲就開始收藏桶子，如果這是真的，那還滿令人佩服的，因為阿瑪奶奶真的已經很老了。她說收藏桶子是一個很「務實的愛好」，因為不論什麼東西都要用到桶子，包括洗澡的時候、洗衣服的時候，從水池打水回家的時候——不過，她也真的很享受蒐集桶子的樂趣。每當她發現一個新奇、獨特的桶子，都會興奮不已。去年阿瑪奶奶生日時，伊岱——我的朋友歐賽基佛的爸爸，從阿克拉買了一個桶子送給她。那是一個桃紅色的桶子，附有小型白色旋轉輪，以及厚實堅固的把手。當伊岱拿給她的時候，阿瑪奶奶望著他的樣子，就好像他是送給她通往皇宮的鑰匙。

「納納？」

「怎麼啦？」

「我們是在一所學校裡面嗎？」

納納沒有回答。他平常不會這種反應的。他一向有問必答，但是現在他卻維持著瞪視窗外的姿勢。

「是你以前的學校嗎？」

這次他又沒有回答。

「納納？」

「什麼事？」

「我很冷，你可以過來摟著我嗎？」

我以為這樣可以讓他有所反應。他從來不會拒絕跟你依偎擁抱的。他終於看向我。

「抱歉，你只能摟著瓜米了。我必須守衛。」

我已經氣惱不耐了：「納納，這是哪裡——」

「我們乾脆來做一些事情，以免老是想著寒冷、飢餓和口渴，好嗎？我教你和瓜米一首我在學校學過的兒歌。」

「瓜米無法學兒歌，牠是一隻山羊。」

「牠只是無法複述給我們聽，這不代表牠學不會。」

「但是，牠已經睡著了。」

「沒關係，那我就只教妳。」

我不想聽納納說什麼愚蠢的兒歌，但是他很堅持。

我、瓜米和菲姬

坐在樹上高高的

我們看見了月亮
它說它愛我們三個小東西
愛到心坎裡！

納納露齒一笑，非常的自豪。

我回瞪他一眼。

「這不是真正的兒歌。」

納納的笑容變小了。「是的，是兒歌。」

我請他將兒歌再複誦兩次，然後才聽懂這真的是兒歌，我也曾經在學校學過。只不過納納把裡面的歌詞改了。我跟他說正確的內容應該是這樣的：

我瞧著月亮，
月亮也瞧著我，
上天會保佑月亮，
上天也會保佑我。

納納翻了個白眼說：「好吧，那是另一種說法。」

「這樣念才對！」

「我其實不記得內容是什麼，所以是我自己編的。」

「但是它原本不是那樣的。」

納納把手臂環抱在胸前，他氣壞了。但是我才不在乎，因為我也氣壞了。他不肯跟我說這裡是哪裡，也不肯說我們要到哪裡去，而現在他又想利用一首兒歌來讓我分心，就好像我還是個小小孩。

「我以為妳會喜歡我把妳的名字放在兒歌裡面，因為妳一直在抱怨『菲姬』是個怪異的名字，妳都沒有在別的地方聽過。」納納說：「而且我只是想要讓妳分心，不要老想著寒冷、飢餓和口渴。也許我不應該這麼雞婆。」

納納轉過身，繼續瞪視著窗外。他到底怎麼了？納納從沒有生過氣，也從來沒有背過身不理我。我得搞清楚納納一直看著窗外，到底是在看什麼。

我很安靜的爬著（以免讓納納聽見我的聲音），朝距離我最近的一扇窗戶前進，那是他現在站立的位置後方左側的一扇窗戶。窗戶周邊的地板到處是小水窪，因為上方的屋頂破了一個大洞。我躡手躡腳、小心走到最乾燥的地方，偷偷從窗戶望出去。在我正前方是三棟建築物，矗立在一片寬廣平坦的土地上。在建築物的中間有一組盪鞦韆，但是其中一座已經傾斜，只剩一根鏈子還攀附在框架上。一隻落單的雞正啄著一顆破球，也許以為那是食物。

其中一棟建築物維護得比較好。雖然體積較小，但是外牆漆成明亮的白色，前方種植了幾簇花叢。

另一棟建築物有白色建築物的兩倍大，但是年久失修、凌亂不堪。它的外牆覆蓋著斑駁的黃色油漆，兩扇窗戶的玻璃都已經搖搖欲墜。這棟建築物的外圍有一圈低矮的圍牆，上頭懸掛著各種尺寸的衣物。有幾件衣服從牆上掉落，躺在汙泥中。

但是真正吸引我注意的是第三棟建築物。它是木造的，看起來搖搖晃晃，跟我現在所處的這間學校教室很類似。它的前方擺放著兩只很大的金屬鍋，旁邊還有幾個塑膠桶，裡面裝滿了肥皂水。有兩個女人正用力的刷著金屬鍋，她們的背後都用布條綁著一個小嬰兒。

而那棟建築物裡的小孩，滿到快爆出來。我可以透過窗戶和敞開的大門，看見他們坐在板凳上，膝蓋上穩穩的擺著碗。有的人正在用手把碗裡剩下的食物兜攏在一起，塞進自己的嘴巴裡。其他人則是已經吃完了碗裡的食物，正坐著等鄰座吃完東西。還有個小男孩把手伸進鄰座女孩的碗裡，她猛然朝他的手腕打了一下。

過沒多久，小孩一個個魚貫而出，走進雨中，輪流在其中一個大水桶裡洗他們自己的碗，然後有一個年輕人領著他們，穿過泥濘和水窪，走進黃色的建築物。

這裡竟然有這麼多小孩！我猜應該有五十個小孩，不過因為他們各種年紀和體型都有，所以我也很難分辨。有的大約跟納納和我差不多年紀，但是還有很多更小的小孩，甚至還有小嬰兒。每個人都光著腳丫，身上頂多是穿著一件破破爛爛的衣服，大部分就是一件襯衫，屁股上幾乎是什麼也沒穿。所有的小孩都是皮包骨，而且肚子又圓又大，皮膚撐在上面，看起來就像一面鼓。迦納所有的貧窮小孩都有個大肚子。不是阿瑪奶奶那種軟軟的大肚子，而是真的硬梆梆的大肚子。阿瑪奶奶曾經跟我說過，如果小孩沒有吃到足夠的食物，或者沒有從所吃的食物中，攝取到足夠的養分，肚子就會變得硬梆梆的。

我轉身面向納納，他還沒注意到我已經從我的板凳上走開了。他依然站在他的那扇窗戶前面，看著那些小孩，此刻臉上浮現一絲笑意。

「納納？」

他猛的轉過身來，當他看見我站在窗邊，眼睛陡然睜大。

「這是一所孤兒院嗎？」

第十章　孤兒院

納納將手舉向頭部，抓了抓頭髮。

「納納？」

「對，」他回答，一邊用腳趾頭磨蹭著地板。「我聽說過這家孤兒院。我想這裡應該很方便找到東西吃，晚上也可以有個地方休息。」

我深深吸了一口氣。

「你在這家孤兒院住過嗎？」

「Condenado!」

納納突然大叫一聲，我嚇得跳了起來。

「這是什麼意思？是德文？或是——」

「是西班牙文，意思是『可惡』。妳是怎麼發現我曾經住過這裡的？我從沒說過這方面的事情！」

「我是猜的。你突然變得很奇怪，一副緊張不安的樣子。」

納納走向瓜米，在牠旁邊的地板上坐下來，心不在焉的用手輕拍著瓜米的頭部。我也坐到納納身邊，但是他不肯看著我。

「你為什麼不肯跟我說？」

「我讓你以為我已經獨立生活一年了，其實其中有一半的時間，我是住在這裡的。」

納納揉著瓜米頭頂（兩隻耳朵中間的部位），那是瓜米覺得最享受的地方。牠在睡夢中輕聲的咩咩叫著。

「我從家裡跑開沒多久，有一次我睡在遮棚下面，被警察發現了。我跟他說我沒有家人，因為我不想讓我爸爸找到我，所以警察就把我送到這裡來。」

「然後你又逃跑了？」

「我最後還是跑走了。」

我沉默了一會兒。我不會因為這樣就對納納有任何一點的輕視。他怎麼可能逃得過大人把他送到孤兒院的遭遇？不論他接不接受，他只不過是個小孩。我跟他這麼說，他聽了之後依然皺著眉頭，我給了他一個擁抱，他看起來就快樂一點了。

「我們要在這裡等到大家都睡著嗎？」我問。

納納點點頭。「監護人睡在白屋子裡，孩子們都睡在黃屋子裡。我得叫醒幾個小孩，去幫我們找點食物，不過他們不會介意的。他們真的都很友善。」他看著地面，兩道眉毛中間出現了皺褶。

「你一定很想念他們。」

「是啊。但是我可不想念住在這裡的日子。我不喜歡被困住的感覺。」

我從瓜米身邊爬過去，以便可以跟納納面對面。「那你現在有時間來教我你剛唱的那首兒歌了嗎？」

納納看著我，咧嘴一笑。

天黑之後，納納跟我手牽著手，而我手腕上繞著瓜米的繩子，我們一起往黃色屋子輕聲走過去。無論怎樣，我希望我們的確是往黃色屋子前進，因為我根本什麼都看不見。

納納低聲說，他有一次聽人說，如果你吃很多紅蘿蔔，就可以在黑暗中看見東西。納納可以在黑暗中看見東西，但是他從不吃紅蘿蔔，不過他會吃橘子，所以他猜想一般只要是橘黃色的食物，都可以讓人擁有夜間的視力。

我很快就確認：納納說他可以在黑暗中看東西是騙人的，因為他才說完沒多久，就被絆倒了，還連帶讓我一起跌倒在地。

黃色的屋子一片安靜。不過，由於我的眼睛終於適應了黑暗，所以我可以看見走去的地方了。瓜米的蹄子在水泥地板上發出「**得得、得得**」的聲音。我們進入右手邊的一間大房間。

房間裡排滿上下鋪的床架。這些床架之間非常靠近，所以你可以從一張床的上鋪，跳到另一張床的上鋪，可以從第一張床，跳到最後一張床，安全得很。每一張床上面睡著一個小孩，有的睡兩個。他們的眼睛全都閉著，我正想跟納納說，不要叫醒他們了，他卻剛好輕輕喊出聲。

「哈囉！」

所有的眼睛突然睜開，很多小孩剛剛一定都是假裝在睡覺。在一片昏暗中，他們滿臉困惑的注視著納納、瓜米和我。有一個小小的聲音說：

「納納！」緊接著一大群孩子朝我們撲過來。我被各式各樣、不同大小的手臂擁抱，就連瓜米都備受矚目。我知道牠很喜歡這種場面的。有一個小女孩長得很像我最年幼的表妹——艾希，似乎打算一輩子抱著我的腿不放。

四周一片嘰哩咕嚕、難以聽懂的說話聲，都是納納這地區的方言。後來有人端給我一大碗的水，心裡真是感激不盡。我大口大口的喝著水，也不管這是溫水，或是有些已經濺到我的鞋子上。我一喝完水，馬上有人跑去幫我再盛水來。

納納將我介紹給幾個孩子。

他們大多數是以動物來命名的。有一位又高又瘦的男孩，叫做老虎，他的妹妹叫做兔子；雙胞胎男孩叫做奶牛和公牛；而一直抱著我大腿的女孩叫做蜘蛛。納納跟我解釋說，監護人只擁有一本書（除了聖經以外）。

那是一本英文書，內容全都是動物。所以如果孩子來到孤兒院時，不知道原來的名字（或者在出生的地方沒有名字），就會用書中出現的動物來命名。

我原本很想笑，因為我覺得用動物來命名實在很傻，但是我馬上制止自己。再怎麼說，我自己的名字叫菲姬，而這一定是有史以來最傻的名字。這些孤兒院小孩的名字至少還意有所指。

納納把這群人中會講英文的兩個人叫到前面來。男孩名叫詹姆斯，看起來跟我年紀差不多。他是在幾年前被送到這裡來的，因為他爸爸去世之後，他的家人都不願意照顧他。他的頭很大，安置在他那瘦小的身體上，看起來非常怪異。他的一隻腳畸形，所以他是一拐一拐走過來跟我握手的。他的手非常纖細，我留意不要握得太用力，以免把他的手握斷了。

第二位會講英文的人是個名叫小雞的女孩。四年前有人在路邊撿到她，把她送到孤兒院來，當時她病得很嚴重。第一年剛來的時候，她拒絕開口說話。她其實只有十二歲，但是滿臉的皺紋，看起來就像個老太太。她的頭一邊是禿的，另一邊則有幾撮毛茸茸的頭髮。她穿著一件褪色的藍色及膝連衣裙，但是衣服的一邊從瘦弱的肩膀上垂了下來。小雞沒有像詹姆斯一樣跟我握手，只是對我點點頭，然後盯著我的肚子看。她的樣子讓我看了好想哭。

我將目光從小雞身上移開，定焦在詹姆斯身上。他很興奮的說著話，一邊將手臂往這兒甩、往那邊揮的。如果他的手臂是翅膀，我敢打賭他早已振翅高飛了。

「……現在他們已經把食物都移到黃色屋子後面的小屋了，而且他們還把門給上了閂。」

「他們把你們的食物鎖起來？」

我太吃驚了。如果我和我的表弟妹們，在用餐以外的時間從廚房拿走食物，阿瑪奶奶是會生氣的。但是她從來不會把食物鎖起來——就算有一次奎西拿走了一整條麵包，還一個人把麵包吃光光。

詹姆斯點點頭，令人意外的是，他竟然咧嘴一笑。「這一點我們得感謝納納。他還住在這裡的時候，會從儲藏室拿走食物，所以監護人才會另外找了個新地方，把食物藏起來。」

詹姆斯驕傲的抬起下巴。「納納離開以後，就由我接手這項工作了。現在他們是在防止我偷走食物。」

納納對詹姆斯點點頭，就好像在說：「我把你教得很好嘛。」我瞪著納納。

「你偷的？我從沒想過你會做這種事。」

納納聳聳肩，「這不算偷，那些食物本來就是給這家孤兒院的小孩的。我大部分是為了小小孩拿的——他們從來都沒吃飽過。」

「不能這樣就名正言順的……你不應該……」

「那裡的食物比監護人給我們的多多了。」小雞的聲音很輕柔而堅定。其他的孤兒不再喋喋不休，全都停下來聽我們說話，就算小雞用英文講話，很多人其實可能聽不懂她在說什麼。「他們很怕我們變得太貪吃，但是有些食物會因此放到壞掉，我們都還來不及吃到。以前我們就是發現了腐壞的水果，所以納納只是想要幫我們。」

納納對她揮揮手。「別擔心，不用幫我辯解。菲姬並沒有什麼惡意，她只是不了解。她一直擁有所需要的食物、衣服和愛。」

納納不是在侮辱我，就跟平時一樣，他是就事論事，而他說的都是真的。雖然我從來就不富有，但是當我望著孤兒院的孩子，現在又跟著納納和詹姆斯走出房間，我知道自己過往的生活其實是很舒適的。

我把蜘蛛從我腿上抖下來，她開始放聲大哭，所以我又把她拉上來，安置在我的屁股上，然後試著不要讓我自己哭出來。

放食物的小屋是用泥磚砌起來的，屋頂則是用捆得緊緊的蘆葦稈鋪成的。它的木門很厚重，門上有一把金屬鎖頭。

小雞伸手到她衣服的袖子裡，拉出一串有各種不同尺寸的鐵絲片。她把最厚重的那片交給納納，它看起來就像已經被扳得不成形的髮夾。納納拿過來然後轉向我。

「我很善於撬鎖，這是我的眾多才華之一。」

我正想跟納納說，這種技術沒什麼好驕傲的，但是他已經被舉到詹姆斯和另外一個男孩子的肩膀上。他開始扭轉著鎖，其他小孩則目不轉睛的看著他。

從上方傳來一個劈啪聲，大家緊跟著倒抽了一口氣，然後又是一陣嘟

嚷聲，髮夾壞掉了；但是第二根鐵絲片完成了使命，在輕輕的喀嚓一聲之後，門鎖旋轉開了。所有的孩子全都聚集在門外頭等著，而納納、瓜米和我則進入小屋中，我手裡還拿著一個用來裝食物的小麻布袋。

一開始一片漆黑，很難看到東西，但是過沒多久，在遠處角落有一小堆食物散落在地，就漸漸清晰可見了。我們衝過去一看，有半袋的米、幾條甘藷、一些木薯、一袋橘子、幾條熟到快爛掉的香蕉、半條麵包，以及十罐番茄泥。我不禁有些失望——我以為會有更多的食物。

納納和我開始把甘藷、橘子和香蕉塞進袋子裡。我們手忙腳亂、不顧一切，被眼前這些食物給鼓舞起來。我把這袋食物甩到肩膀上，感覺非常有分量。納納牽起瓜米的繩子往外走。

我們一出來，就跟一群瘦巴巴又衣衫襤褸的孤兒目光對上。他們一直耐心的站在小屋門邊。

我感到前所未有的慚愧。

第十一章 再次上路

我為什麼會想從這群一無所有、甚至沒有家人的窮孩子身上，拿走東西呢？

淚珠從我的眼睛滾落，我把袋子放下來。孩子之間的喃喃私語停了下來，納納轉向我，然後看向孩子，然後又再次看著我。他鬆開牽著瓜米的手，屈膝蹲了下來，把頭放在兩手之間。我知道他也無法從這些孩子身上拿走東西。

「我們不餓了，」我說。

我把袋子撿起來，回到小屋的那個角落，把每樣食物再放回原位。

除了那熟到快爛掉的香蕉，因為我已經給小雞了。她說要在明天早上把它壓成泥，餵小嬰兒吃。

納納和我晚上擠在其中一張床的下鋪睡覺，蜘蛛塞在我們中間。太陽出來之前我們就離開了。大部分的孩子都還在睡覺，但是小雞已經坐了起來，背脊直靠著床。她小小聲的說，希望我們可以找到阿瑪奶奶的藥。

我們從圍籬的缺口爬過去之後，終於好運來臨。我們看見遠處有一輛小小的卡車，納納馬上跳到馬路正中央，像個瘋子似的揮舞著雙手，向司機發出停車的信號。我那理智的表妹波佩圖雅，常常說我魯莽衝動，我真難想像，她會怎麼看納納。

這輛卡車司機是個阿巴魯尼斯人，名叫肯恩。他說他可以載我們到附近的大城市霍霍埃。

肯恩讓納納和我，跟他一起享用午餐袋裡的食物，裡面有三明治、水果和餅乾，甚至還有巧克力。吃肯恩的午餐，我覺得很愧疚，但是他說沒關係，還自嘲自己已經太胖了。他確實很胖，但我沒說出口，否則就顯得太不禮貌了，但是納納不懂什麼叫禮貌。

「沒錯，你太胖了，肯恩。」納納說，此時一滴草莓果醬正沿著他的下巴滑下來。

肯恩有一頭深黃色的長頭髮，他把它綁成馬尾巴，而且他的手臂很粗壯。他已經在迦納住了八年，但是他的出生地是在一個叫做澳大利亞的國家。當肯恩問我們知不知道澳大利亞時，我搖搖頭，但是納納點點頭，這是一定的。

我們跟肯恩說，我們打算去美利堅合眾國。

肯恩咧嘴一笑：「你們這兩個小傢伙，打算自個兒前往美國？就為了好玩？」

我看得出來納納因為被貼上「小」的標籤而有點生氣，但是他決定放下這個侮蔑。取而代之的是，他坐得更挺直了，然後用他那副「成熟」的聲音說話。

「我們在那裡有一些大事要做，不過我們也是為了教育而旅行。菲姬和我希望能對這世界保持見多識廣。」

肯恩對納納的說法哈哈大笑。納納板著臉，但是在他繼續講話之前，他卻先咳嗽了。他呼哧呼哧的喘不過氣來，我趕緊拍撫他的背。

「你咳嗽咳得很嚴重喔，納納。」肯恩說：「你最好給醫生看一下。」納納低聲說他才不要讓別人「看一下」他的咳嗽，因為像他這樣的男人，都是有能力自行處理咳嗽的。

我問肯恩為什麼他要開車到霍霍埃。

「我住在後面那邊。」他將大拇指朝著剛剛過來的方向一彎。「我把旅客從霍霍埃載到我寄宿的地方過夜，然後帶他們走路去看植物和動物。

我也讓他們看一些其他的東西。比方說，」他伸出一隻已經變了形的手指，指著窗外，「在回來寄宿處的路上，我會載旅客去一家當地的陶藝工作室。他們可以看大人或小孩做罐子或碗，也可以嘗試自己做一些別的東西。他們都很喜歡這項安排，覺得自己能夠融入迦納文化。」

「你的旅客都很有錢嗎？」納納問。

肯恩將一隻手從方向盤上移開，讓手臂垂在窗外。我這才第一次注意到，他的手臂上滿滿的刺青。那些刺青深深吸引了我，尤其是在肯恩的手肘處，有一個紅色的龍在吐火的圖案。

「是啊，他們非常有錢。大部分的旅客都是從迦納以外的地區前來的。」

納納沉默了一會兒，我看得出來他在盤算什麼。

「如果你載旅客回你的民宿，路上有沒有足夠的時間可以再做一次停留？」納納說：「去另一個可以讓他們更能體會迦納文化的地方？」

肯恩把頭歪向一邊，對納納眨了一下眼。

「說來聽聽。」

「菲姬、瓜米和我認識這條路上一家很棒的小孤兒院。事實上，你就是在孤兒院前面讓我們上車的，我們剛剛拜訪了那裡的朋友。」

肯恩點點頭：「我經常從那裡開車經過。我不知道那是一家孤兒院。」

「是孤兒院，一家有著許多可愛小孩的孤兒院。大部分的孩子都是以動物來命名。」

「現在還是嗎？」

我看得出來肯恩是在捉弄納納，但是納納沒有感覺到，他還繼續說著。

「還是啊。他們是根據監護人一本有關動物的書來命名的。這真是個漂亮的好主意，從一本書上幫孩子命名。我有一位表弟，我嬸嬸在生他的前一晚看了一部影片，他的名字就是來自影片中謀殺犯的名字。我不知道她為什麼要根據謀殺犯的名字來幫我表弟命名，可能是因為她想不出別的名字，但是根據一個謀殺犯來命名，這對新生命來說可不是個好的開始。我表弟最後真的變成罪犯，我不知道他有沒有殺人，但是他真的偷了許多東西。有一次他從一家電器行偷了一臺電視機，卻想假裝是買來的，只不過他是住在路邊的硬紙板箱子裡，他到哪裡去找來那麼多錢買電視機呢？嗨，菲姬，也許妳的名字也是來自某一部影片，所以才會這麼奇特！我想——」

「肯恩，」有時候我不得不打斷納納。如果放任他想講多長就講多長，那保證沒有人可以插得了嘴。「你覺得你照料的那些有錢的觀光客，會願意來參觀這家孤兒院嗎？他們只要付給監護人一點點錢回饋一下，或者給孩子一些食物……」

「這主意不壞，菲姬，」肯恩慢慢開口，把兩隻手都放回方向盤上。

「這可以讓我的觀光客看一下某些迦納人所面臨的困境……」

納納皺了皺眉頭，不只是因為他剛剛被打斷了，還有剛剛那主意是他出的，他還沒被表揚呢！肯恩看見納納的表情之後，哈哈大笑，往後靠過去拍了拍納納的頭。

「你是一隻嗚嗚叫的貓頭鷹，納納。」肯恩說。

納納感覺當隻「嗚嗚叫的貓頭鷹」應該是件好事，所以又開心了起來。

肯恩讓我們在霍霍埃下車，同時警告我們要小心一點，也同意他會對我們提出的想法好好的想一想。他離開了以後，我發現我的外衣口袋有個五塞地的紙鈔，一定是肯恩趁我不注意的時候塞進去的。

接下來的幾天，我們筋疲力盡，終於來到金坦波的城鎮。我們沒錢吃晚餐，我們剩下的錢全都花在坐計程車上——那位司機說只要算我們一個塞地和五十個比塞瓦幣，但是這趟車程已經把我們所剩的錢都用光了。我們拖著腿，既餓又累。

天色已經漸漸暗了，身邊這些市場貨攤附近的人們正打算回家。每當我倍感無助時，都是一日將盡的時刻。

「我們如果永遠也到不了美國，那可怎麼辦？就算我們真的辦到了，等我們回到家，卻發現阿瑪奶奶已經去世了怎麼辦？」

「我們一定可以帶著藥及時趕回去的。」納納說。他將手臂環上我的肩膀，一邊摀住咳嗽。「等著瞧吧。『Bié dān xīn』這意思是中文的『別擔心』。中國人講中文。中國的人們不像我們這麼黑，也不像英國人那麼白，他們的膚色介於兩者之間。我不確定中國人的頭髮是什麼顏色。我猜可能是藍色或綠色，因為——」

「不要再說了好嗎！」我大叫。

我很少大吼大叫。阿瑪奶奶跟我說過，大吼大叫只會一事無成，反倒是冷靜理智的說話，才能讓生命有所收穫。我相信她的話。首先，因為我一直都很相信阿瑪奶奶說的任何話。再來，因為我的朋友歐賽基佛的爸爸——伊岱，說話的時候總是異常安詳與緩慢，而他擁有一輛汽車，還有一棟大房子。很顯然的，他不是靠那些需要大吼大叫的事情賺到錢的。

但是在這當下，當我又餓又累又絕望，阿瑪奶奶又遠在天邊，我控制不了自己。納納看起來是被我突然的爆發給嚇到了。

「我只是在說——」

「不要再說了！不要再說一切都會好起來的！」

「但是真的會啊！我感覺得到。來吧，我們必須先去找個地方睡覺……」

但是我不肯再邁開一步，就在路邊坐了下來，把臉埋到雙手之間。我感覺到眼淚從我的臉頰潸然滑落，再從指縫滴下，這讓我想起過去我表妹艾希哭個不停的時候，波佩圖雅、奎西和我總是會取笑她。想到他們，我哭得更厲害了。

當我聽見納納的喊叫聲，這才抬起頭來。他正站在滿地泥濘的道路中間，猛拽著瓜米的繩子。瓜米躺在地上，不肯起身。

事情發生時，我正要站起來協助納納。

結果，一輛計程車不知從何處快速開過來，它的車輪捲起漫天煙塵。緊接著砰了一聲。

第十二章　悲傷的事件

所有的東西亂成一團。計程車停了下來，而我看不見瓜米和納納。四周的人們大聲喊叫著，我朝著人群茫然的走過去，新的淚水從我臉頰滾落下來。

我用衣服擦了擦眼睛，終於看見他們。納納正嗚咽著跪在那裡，而瓜米，牠的身體呈現怪異的扭曲，全身都是血。我跑去跪在納納身邊的地上，拍打著瓜米的臉。

我最要好的動物朋友死掉了。

我伸手抓住瓜米的前腿，把牠拖離馬路，納納幫我抓住瓜米的後腿。

許多人圍在我們身邊，搖著頭看著兩個骨瘦如柴、渾身髒兮兮的小孩，正

GE368-38

在為他們死掉的山羊哀傷啜泣。

人們只好把我從瓜米身邊拖走。我不想離開牠，說不定會有奇蹟出現，牠還會醒過來。牠一直是一隻充滿驚喜的山羊。

我不知道牠會被帶到哪裡去，幸好我感覺到納納的手和我握在一起，這才鬆了一口氣。

我們被帶到一個賣香蕉的貨攤後面，坐到一條木板凳上，然後有一條香蕉塞到我們血淋淋的手上。我們身邊圍繞著一群小孩和大人，全都一臉好奇的看著我們。不過有個身材高大、留著鬍子的男人站在人群的最前面，他一身時髦的紅褐色襯衫、灰色西裝褲，每隻耳朵各戴著一隻金耳環，看起來就像是有錢人。

納納拿開我的手，取走我手上的香蕉，剝了皮，再遞回來給我。我咬下第一口之後，才知道自己到底有多餓。我貪婪的大口大口吃著香蕉，有人又遞給我另一條香蕉，我又狼吞虎嚥的吃完。而在我身邊的納納，正抽著鼻子，輕聲的跟這個戴耳環的男人說話。這個男人跟我們說他叫做科菲。

「你們是誰？」他問。我很訝異他直接就跟我們說英文，而不是說方言。他一定是在我們穿越人群的時候，聽見納納跟我低聲說的話。「那是你們的山羊嗎？」

「我們叫做納納和菲姬。」

「菲姬？這真是個——」

「拜託不要再說這真是個奇怪的名字。菲姬不喜歡別人這樣說，她現在已經夠沮喪了。如果你對她多一點了解，就會看得出來，這個名字非常適合她。還有，趁你詢問之前先告訴你，菲姬只有一隻眼睛，當她還是個小嬰兒的時候，在一場意外中被一支灼熱的火鉗給傷到了。」

圍觀的群眾盯著納納，嘴巴張得大大的。我等著科菲對納納來一場訓誡，讓他理解對長輩表示尊重的重要性。但科菲只說了一句：「好的。」然後就做了一個讓納納繼續說話的手勢。

「那隻山羊叫做瓜瓜。牠原名瓜米，但是我叫牠瓜瓜。牠是菲姬很要好的朋友，也變成我很要好的朋友。牠是我生平僅見最仁慈的山羊。」眼淚從我臉上滑落下來，我哭得直打嗝。如果我連瓜米都沒辦法讓牠活命，又怎麼可能救得了阿瑪奶奶呢？

科菲看著我，他的眼神既哀傷又柔軟，他轉向納納說：「我可以帶你們兩位回家嗎？要不要幫你們找家人？」

納納斜眼看著我。上一次他公開承認自己沒有雙親的時候，差一點被六名鼓手綁架了。他充滿自信的挺起了胸膛。

「菲姬是我妹妹，我們的家不在這附近。我們是自己出門旅行的。」

「你們要往哪旅行？」

「我們要往北走，去美國。」

科菲揚起他的眉毛。「去美國？」

「對。」

「你們的家人知道這件事嗎？」

「當然。」

我看見科菲的臉上閃過一絲懷疑，然後他皺起了眉頭。

「納納和菲姬，對於你們的損失，我深深感到遺憾。」科菲說：「聽起來瓜米是一隻很特別的山羊。」

「牠是很特別。」我輕聲的說。

科菲笑了笑。我喜歡他，他看起來很強壯，而且我也信任他，雖然我也不知道是為什麼。

「我正要往北邊走，我要去特馬利，」科菲說：「我很歡迎你們跟我一起走，還可以在我家住個幾天。我們家有很多空出來的地方，你們也可以做點工作，存一點錢，再繼續旅行。這樣好嗎？」

納納看著我，沉默的徵求我的意見。科菲所提出的實在太誘人了，接下來幾天我們都可以不用擔心該到哪裡去、要怎樣才能到達那裡，實在讓人鬆了一大口氣。所以我對納納輕輕的點了一下頭，納納便代表我們兩人回答。

「謝謝你提供這麼慷慨的幫助，我們很開心可以隨你一起前往特馬利旅行。」

不知何故，人群突然爆出一陣熱烈的掌聲。當納納和我跟著科菲離開香蕉貨攤，許多人拍著我們的背，跟我們說著諸如「這個選擇很好，就跟著這個好人走」，或者「對於你們的山羊，我覺得很難過」之類的話。還有很多別的話，我聽不懂，因為他們是用當地方言說的。納納對於很多人的祝福表示謝意，但是我什麼都沒說。我專注的緊緊握住納納的手不放。

我們來到一輛紅色丘丘車旁邊，科菲打開後車門。車子發出可怕的刺耳聲音，車裡坐著五個男人，全都跟科菲一樣是生意人的打扮。司機好像睡著了，他將前額抵在方向盤上歇息。當這些生意人看見科菲，便此起彼落的喊了起來。

「你剛剛到哪裡去了？」

「我們早該在一個小時之前就離開的！」

「天都快要黑了！」

科菲舉起手，於是這些男人都不再說話了。科菲的沉默非常有力量，大家都願意聽他說話。他的氣勢，讓我想起了阿瑪奶奶。

「我們在迦納何曾想過『及時』這個字眼？在迦納每個人都會遲到，

如果你很準時，那你就不是迦納人了。」

我的學校老師應該會同意這個論點。她每次上課都會晚到至少一個小時。我們班上的同學和我都不介意——這讓我們有更多的時間可以在戶外遊玩。不過我們也可能因此沒有學到許多該學的東西。

科菲對納納和我做了一個手勢，要我們爬進丘丘車，然後他就將我們介紹給其他乘客，我們因此得知這些人是科菲的工作夥伴。他們滿臉疑惑的看著我們，可能是因為我們全身沾滿了瓜米的血，這讓他們感到很困擾。但是科菲並沒有對我們的狀況多加解釋。（幸虧是這樣，否則我很確定，只要他一提到瓜米，我一定又會開始哭了。）於是過沒多久，這些男人就不再注視我們了。納納靠著窗邊，閉上了眼睛，而我依偎在他旁邊。雖然他的皮膚發燙，卻正在發抖。

「你還好嗎？」我輕聲問他。

「就是很冷。」

科菲一定是聽到我們的對話了，因為他把自己的夾克遞過來給納納。

第十三章　特馬利的豪宅

一路上我們都在睡覺，稍後我才知道已經過了好幾個小時。直到科菲輕輕搖了搖我的肩膀，我才醒過來。天空依然黑沉沉的，有人引導我進入科菲的屋子，躺進一張舒適的床鋪，我幾乎是毫無記憶。

但是我記得第二天醒過來時，看見身處的房間四周皆是奶油色的牆壁、屋頂高懸，又發現納納不在這裡，也記得我扯開最大的肺活量，高聲尖叫。

有一位留著長辮子、身穿粉紅色洋裝的年輕小姐，跑進了房間。她的身後跟著納納，納納全身緊緊的裹著毛茸茸的藍色毛巾。他朝我跑過來，抓住我的手臂。我停止了尖叫。

「這位小姐叫做米雅。」納納說：「她是科菲的女兒。她讓我洗了個澡，還給我吃了退燒藥。」

米雅緊張的微笑著，對我輕輕的揮了揮手。她非常漂亮，有一雙閃亮的大眼睛。

「嗨，菲姬。妳想要洗澡嗎？」

我往下看著我的衣服，汙穢不堪，濺滿了血。我的皮膚也是同樣的狀況。

「我沒有衣服可換。」我說。

「沒關係的。爸爸今天稍早在上班之前，去了一趟市場，幫妳和納納買了兩套衣服。」

納納跑去拿衣服過來，我跟著米雅來到浴室。牆上貼滿了白色磁磚，每一片表面都閃閃發光。我從沒看過這樣的房間。米雅打開水龍頭，在浴

缸裡注水，我倒吸了一口氣，這個房子有自來水。

米雅幫我把衣服脫下來後，我踏進浴缸。我正想躺下來，米雅卻拿著一把剃刀進來了。我呻吟了一聲，知道接下來要發生什麼事了。我聽話的讓頭部保持挺立，好讓米雅將我的頭髮剃下來，裝進一個桶子裡。

「我喜歡妳的辮子，」我說：「我想要留長長的辮子，但是阿瑪奶奶老是把我的頭髮剪短。」

米雅點點頭。「我也一樣。直到我十二歲，懂得照顧我自己的頭髮後，爸爸才答應讓我留長辮子。但是現在妳頭上的蝨子很多，我一定得剃掉妳的頭髮。」

我相信她說的蝨子問題——我的頭已經癢了好幾個禮拜了。這讓我有一點難過，不知道要多久以後，我的頭髮才能再長回來。

米雅用了許多種不同的肥皂來幫我刷身體。我很高興她沒有問我問題。她在幫我洗澡的時候，就只是輕輕柔柔的哼著歌。

「妳的聲音很美耶。」我說。

米雅甜美的微笑著：「謝謝妳。」

納納突然打斷這份寧靜。他穿著一件藍色的襯衫，還有一件格子紋路的短褲。我從沒看過他這麼整潔過。他盤腿坐在地上，開始問米雅各式各樣的問題。她好像也不在意，非常有耐心的一一回答。

「妳爸爸是做什麼的？」

「他是一個生意人。他的顧客遍布在整個迦納，所以他經常旅行。」

「只有你們兩個人住在這裡嗎？」

「對。」

「那妳媽媽呢？」

「去世了。」

「妳有兄弟姐妹嗎？」

「沒有。」

「你們家只有你們兩個人，為什麼會有四個房間？」

「因為有時候爸爸的客戶會住在我們家。」

「你們說哪一種方言？」

「達格巴。但是我爸爸幾乎所有的迦納方言都會講，還會講好幾國的外語。」

「他是怎麼學會的？」

「他經常閱讀、旅行，而且很認真工作。」

「那妳做什麼工作？」

「我有時候會跟著爸爸工作，還有，我正在念大學。」

我對她刮目相看。我從沒遇見上過大學的人。連伊岱都沒上過大學。

我聽說上大學可以讓人變聰明，可以學到許多跟這個世界相關的事情，也許上大學也幫米雅變得這般美麗。

「為什麼妳還沒結婚呢？」

「因為我才二十三歲啊。再說，我還沒找到命中注定的那個人。妳現在可以起來了，菲姬。」

我站起來，米雅幫我裹上一條毛巾，然後我站到浴缸外邊。

「什麼是命中注定的那個人？」我問她。

「妳應該是在問，誰是命中注定的那個人，」米雅說，她一邊將手擦乾，一邊看著窗外，「命中注定的那個人就是我摯愛的人。」

「哇，」納納說：「妳要到哪裡找命中注定的那個人？」

米雅聳聳肩，「誰知道呢？他們都說，你命中注定的那個人，會在你最意料不到的時候來到你身邊。他們說，也許你已經認識了你命中注定的那個人，只是你還不知道他就是你命中注定的那個人。」

我很想問，這個「他們」是誰啊，但是我點點頭，假裝自己很懂。

「『他們』是指誰？」納納問。

「別擔心，親愛的。你還太年輕，不用去想這種尋找命中注定的那個人的問題。菲姬，來，穿上妳的衣服。」

這一天剩餘的時間，納納和我在睡覺、吃東西和看電視的歡樂時光中度過。直到電視上出現一隻山羊，勾起我對瓜米的回憶，我們才關掉電視。

納納陪我甩著手在地毯上走路，盡其所能的想要幫我遠離對瓜米的無限思念。

當天晚上科菲回家時，手臂下方挾著三本圖畫書。科菲是個很棒的說書人——他幫每個角色都配上不一樣的聲音，當畫面上出現一隻獅子時，他甚至大聲咆哮了起來。

晚餐時我們一起圍坐著廚房的木桌，米雅在我們每個人面前放了一碗燉菜。當科菲講話的時候，納納已經吃起來了。

「在我們吃之前，」——納納很羞愧的把兩手放到膝蓋上——「我們要為瓜米，我們心愛的山羊，默哀一會兒。」我緊緊閉上眼睛，心裡想著瓜米，還有我多麼的愛牠。在之後的用餐時間裡，我的眼淚都流進面前的燉菜裡了。

晚餐之後，我們坐到沙發上。

「科菲，你很有錢嗎？」納納問。

我覺得科菲很有錢。他有自來水、一棟大房子、很棒的衣服、醫藥、電力和很多的食物，還有金耳環，而且他送他女兒去念大學。

科菲望著我們，思考了一下，抓了抓他的鬍子。「在迦納，我算是有錢，但是對世界上其他地區而言，我不算有錢人。」

「比如美國嗎？」

「對，比如美國。」

納納把我心裡想的講出來了，難怪美國有最好的醫藥。如果科菲在美國不算有錢，我想像不出來美國人是怎麼生活的，也許他們是住在城堡裡。

那天晚上，納納和我一起睡在我的床上。我才睡了幾個小時，就被他吵醒了。雖然他看起來是在睡眠狀態，但是卻興奮的自言自語，還揮舞著手臂，好像要拿什麼東西。而且，他的皮膚再次燒得發燙。

我跑到桌子邊，米雅在上面擺了一杯水，以及納納發燒所需服用的藥丸。

我說服他吞下藥丸，但是之後好長一段時間，他都認不出我來。每當我想要碰觸他，他都會嘶吼著說：「離我遠一點！離我遠一點！」這讓我嚇壞了。

他最後終於安靜下來了，當我以為他睡著了時，他卻在黑暗中開口說話。

「菲姬，妳覺得妳已經找到命中注定的那個人了嗎？就是米雅所講的命中注定的那個人。」

「我不知道。她說了，說不定你已經認識了命中注定的那個人，但是卻不知道他就是你命中注定的那個人。」

納納沉默了一分鐘。我可以聽見走道上的時鐘滴答滴答的聲音。然後他又再度開口說話。

「我想妳就是我命中注定的那個人。」

「你怎麼知道的？」

「我不確定。我感覺妳就是。」

「如果我是你命中注定的那個人，那是不是意味著，你是我的。」

納納想了一秒鐘。「我不知道是不是這個含意。」

「好吧。我覺得你可能也是我命中注定的那個人。」

「太好了，可以擁有命中注定的那個人真好。我希望米雅也可以找到她命中注定的那個人。」

我很確信以米雅美麗的長相和那一頭長辮子，她要找到她命中注定的那個人，只不過是時間的問題。

第十四章　逃跑

第二天早上，米雅安排我到路邊的西瓜攤去幫她的朋友雅班娜。我很興奮，因為在我住的地區，並沒有種植西瓜。我說服納納留在家裡——他非常不舒服，我知道他現在無法在陽光的炙烤下走動一整天。吃過早餐之後，科菲在我耳邊輕聲說，下午要帶納納去看醫生。

我的新工作並沒有好的開始，當雅班娜發現我未尋求她的同意，就自行吃掉兩片西瓜，她就用她的達格巴方言對我大呼小叫了五分鐘。不過後來她看見我那麼努力工作，就原諒我了。當一天終了，她付我薪資的時候，便跟我說歡迎我再來為她工作。

我快到科菲家的前門時，感覺有一隻小手碰觸了一下我的手臂。是納納，他看起來比今天早上的狀況還要糟糕。他一隻手拉著我的手臂，另一隻手卻是抓著他自己的胃部，看起來就是一副痛苦不堪的模樣。我隨著他繞到屋子旁邊，一起蜷伏在廚房窗戶下方。

「納納，怎麼——」

「噓——！」

我趕緊閉上嘴巴，納納指著我們上方的窗戶。米雅和科菲的聲音就從這裡傳出——他們正在爭論。我覺得在這裡偷聽很不道德，正想起身離開，卻聽到一些內容，讓我渾身僵硬。

「……絕不同意送去孤兒院——你也聽到他們說要去旅行的事。」

「這兩個孩子到底是為了什麼緣由要在迦納到處旅行，米雅？而且他們還以為他們正要前往美國呢，我的老天爺。他們既不是孤兒，也不是為了安全問題離家出走。他們假裝是兄妹，其實根本不是；昨天晚上納納才說他們是講不同的方言！」

納納咕噥一聲，拿自己的頭去撞牆壁。我把他往回拉，不讓他再繼續這個動作。

「但是為什麼要把他們送去孤兒院？」米雅聽起來很沮喪，「不能讓他們留在這裡嗎？」

「妳知道，我也覺得他們是好孩子。但是我一天到晚都在旅行，而妳又要上大學。再說，我們對他們的過往和背景一無所知，又有什麼權力讓這兩個孩子住下來？這樣是不道德的。我們要送他們去一家好的孤兒院。我已經聯絡一家在特馬利的孤兒院，以及另一家在阿克拉的孤兒院。他們在那裡居留的那段時間，我們再去探聽他們的家人，孤兒院對他們來說是最適合的場所。」

「我覺得他們也不會想一直跟著我們，他們打算過幾天之後，就算納納還病得這麼嚴重，他們也要離開。」

「沒錯。」科菲大聲嘆了一口氣，我甚至可以想像得出來，他正在抓他的鬍子。「如果我們請他們留下來，他們就會離開。他們打算繼續旅行，讓自己置身於更多危險和疾病之中。迦納的小孩不應該自己旅行和工作，他們應該待在學校裡。」

「如果他們去孤兒院，還可以上學嗎？」

「會，而且他們這樣才會安全。」

我匆匆起身，我才不要去孤兒院。我一定得去美國幫阿瑪奶奶買藥回來。我今天賣西瓜賺到的錢，應該足夠讓我離開。納納抬起他那雙眼眶發紅的眼睛看著我——他真的病得很嚴重。

「你留在這裡。」我低聲說道。納納憤怒的搖著頭，但是我繼續說道：「聽我說，你必須看醫生。我從美國回來的路上，會去查你被送到哪家孤兒院——然後我再想辦法把你弄出來。好嗎？」

「不行。如果妳把我留在這裡，妳就再也見不到我了。我沒有病得那麼嚴重，我要跟妳一起走。」

納納站起來的時候，眉頭又皺了起來。我無助的望著他。現在已經沒有時間爭論了，所以我讓他一起走。幸好在我們抵達丘丘車站時，馬上找到一輛開往博爾加坦加的公車，那裡是迦納最北邊的城市之一。

這是我這輩子坐過最久的一趟旅程。納納的病情幾乎是分分秒秒在惡化。他的皮膚都快燒起來了，汗水不斷從他臉龐湧出來，他不斷用英語以及各式各樣的語言囈語著。我猜想其中有些話根本不屬於任何一種語言。我強迫他吃一些麵包，再喝下一整瓶的水。但是他在下一個休息站的廁所，就把所有的東西都吐出來了。我把他的衣服拉上來，希望可以讓他稍微冷卻一點。就在這時，我注意到他的胃部和胸膛已經布滿了許多粉紅色小點。

我覺得非常的孤單無助。我不知道該對納納做什麼，也不知道該怎麼協助他。現在納納這種狀況，我們應該是沒什麼機會抵達美國的。美國應該還遠在千里之外，但是納納已經沒辦法再旅行千里了。

「菲姬？」納納有時會醒過來問我一些問題。我要他安靜下來好好休息，但是他不願意。納納非常的固執，就連生病了也一樣。我嘆了一口氣。

「怎麼了，納納？」

「妳覺得，如果我媽媽發現我病得這麼嚴重，她會過來幫我嗎？」

據我所知，納納的媽媽已經去世了。因為納納閉著眼睛，所以當我回答的時候，他沒看見我眼底下的謊言。

「會的，我相信你媽媽一定會過來幫你的。」

納納迷迷糊糊的笑了。過了一會兒，他又問了。

「接下來我們要怎麼做？」這次我沒有說謊。

「我不知道。」

納納嚴肅的點了點頭，將頭靠在我的肩膀上休息。

當我們抵達博爾加坦加，天色已經暗下來了。

我知道我一定得帶納納去醫院。我把他從公車上拖下來的那瞬間，突然抓不住他的手臂，砰的一聲，納納跌到地面上。他雙眼緊閉，一動也不動。我哽咽著努力想將他扶起來，幸好跟我們同車的一位男士幫我抬起納納，還幫我們找到一輛空的計程車。當我們進入計程車，關上車門時，計程車司機瞄了一眼納納，他的眼睛瞇了起來。

「他死了嗎？因為我不想讓死人坐我的計程車。」

我隨著司機的視線看向納納。他看起來就像死掉的樣子，渾身僵硬、蒼白無力。但是他的胸口仍在上下起伏著，這表示他還在呼吸。

「我們必須趕緊去醫院，」我說。司機透過後照鏡再次審視納納，他的兩眉之間浮現擔憂的皺褶，然後才將車子從路邊開走。

我撫摸著納納發燒的前額，對他輕聲說著話。他如果嘟囔著無意義的囈語就已經很不妙了，但是像現在這樣全然沒有聲音更加糟糕。如果他在囈語，我至少知道他還活著，他的腦袋還在運作。

當我們來到一家小型破舊的醫院，計程車司機轉向我。

「車資是六十比塞瓦幣，小姐。」

我忘了已經花光所有的錢了。「很抱歉，」我小心翼翼的說：「我全身上下都沒錢。」

那個男人的臉馬上脹得像顆紅氣球。「**沒有錢？**」

第十五章　博爾加坦加醫院

「沒有錢。」

「**沒有錢？**連六十比塞瓦幣也沒有？」

我搖搖頭。我很討厭大人將剛剛跟他們說的話，一遍又一遍的重複說出來。舉個例子來說，有一次我的鞋子在學校搞丟了，我知道這樣很不好，因為鞋子真的很貴，但是我一定得跟阿瑪奶奶報告這件事，因為她最終還是會發現的，所以我走到她面前，告訴她：「阿瑪奶奶，我的鞋子今天在學校搞丟了。」

阿瑪奶奶大發雷霆：「妳**把鞋子搞丟**了？」

我以為她沒聽清楚我說的話，所以我抬高一點音量說：「對，我把鞋子搞丟了。」

但是阿瑪奶奶重複說：「妳**把鞋子搞丟**了？就是那雙非常昂貴、我還打算要留給妳表弟表妹穿的鞋子？**妳把鞋子搞丟了？**」

於是我詢問阿瑪奶奶她還好嗎，因為我已經跟她說了兩遍我把鞋子搞丟了，我覺得這句話並沒有那麼難理解吧。阿瑪奶奶聽了之後更加生氣，開始對我訓誡，尊重長輩是非常重要的事情。當天晚上我躺在床上後，思考了很久，我的結論是，阿瑪奶奶一直重複：「妳把鞋子搞丟了？」並不是因為她的聽力出了問題，而是因為她要強調這件事的重要性。因此我想這位司機是想強調「我沒有錢」這個事實。

我打開計程車車門，把納納從座位上拖往門邊。

「稍晚我再給你錢。我先把我朋友送到醫院，他病了，而且——」

「把你朋友的襯衫給我。」

我被這句話震住了。我低頭看著科菲送給納納穿的這件新襯衫，然後就快速把它從納納身上扒下來，塞給司機。這也算不上是什麼大損失——納納現在正發著高燒，說不定沒穿襯衫還更舒服些。

我從納納背後環抱著他倒退走，他的腳跟在地面上拖著，就這樣走進醫院的大廳。幸好納納選擇在這時刻吐了個滿地，引起護士的注意。他們不希望他們的地板被吐得滿地都是。

有一位護士抱著納納走過許多走道，繞過許多轉角，經過許多扇門，爬過許多層樓梯。我一路跟隨，覺得好像在走迷宮。

我們穿越了一扇門，門的上方掛著一個歪歪扭扭，寫著「**急救室**」的標示牌。裡面是一間超大的房間，比我家整個房子都要大。地面上擺滿了床鋪和床墊，上面躺滿了病人和受傷的人。

護士將納納放在角落一張薄薄的床墊上，然後她從圍裙口袋中，拿出一本筆記本和一支筆，看著我問：

「你們兩個都是來尋求協助的嗎？」

一開始我很困惑，之後我就了解她一定是以為，我也是為了我的眼睛來就醫的。

這是大家常犯的錯誤，所以我並沒有因此對她有所埋怨。

「我不是，我是在小嬰兒時期就發生眼睛的意外，需要協助的是納納。他發高燒，肚子上長滿了紅色小點點，還把我給他吃的食物和飲料通通都吐了出來。」

護士緩慢的記錄著。「喔，」我補充道：「還有他現在是昏迷的。」護士在納納的手臂上插進一個針頭，然後用一個小小的塑膠管抽出一點他的血。她在管子上寫了幾個字，然後把管子遞給我。「把這個拿給血液檢驗室。納納感染細菌了，有可能是瘧疾，從他的血液可以檢查出來。」

在她離開之前，我抓住她的手臂。

「妳要去哪裡？妳不是要來幫助我的嗎？我不能離開他身邊！」護士同情的看著我。她有著我所見過最大的鼻子，但是她的面孔很慈祥。

「很抱歉，親愛的，但是我還有很多人要照顧。不過我可以告訴你怎麼走到血液檢驗室。」

檢驗室的人說，必須等一天以上，才能告訴我納納出了什麼問題。等一天以上！我依偎在納納身邊，聽著雨點啪噠啪噠的打在屋頂上的聲音，好希望阿瑪奶奶就在我身邊。阿瑪奶奶一定知道該怎麼做，她總是知道該怎麼做。

納納依然沒有意識，我很害怕他會停止呼吸。我把一隻手放在他什麼也沒穿的胸口上，以便確認他還在呼吸。

「菲姬！」

我突然驚醒過來，有人在叫我的名字。循著聲音看過去，非常震驚的發現叫我的人正是納納。他的聲音已經全然走樣了，聽起來非常的低沉沙啞，我必須靠近一點才能聽清楚他在說什麼。

「Bonjour，」他說。

我露齒一笑。「這是法文，對不對？你好些了嗎？要不要幫你拿點什麼？」

「我很好，」納納說。納納的臉色從沒這麼糟糕過——他明明就是在說謊。「我什麼也不需要，剛剛有位大鼻子護士來過，給我一杯水。」他手裡緊緊握著一杯水。「但是為什麼我手上有根針？」

「我昨晚問過別人這件事——他們說，這樣你才可以接受強一點的藥物。」

「喔。」納納閉上眼睛，「我想我需要再睡一下。給我水喝的那位護士說，她要妳到外頭跟她碰個面。」

這實在很奇怪。為什麼她不能在這裡跟我說話？不過我在納納頭上親吻了一下，跟他保證我很快就會回來。我一跨出這房間的門，就遇見了大鼻子護士。

「我們得趕快進行，」她說：「不然就會引起別人懷疑。」她遞給我一張有手寫字跡的小紙片，「這是納納的血液檢驗結果。我們現在要趁我下班之前，把他轉到兒童病房，我已經安排好一位醫師在那裡跟你們碰面，他會解說他的診斷。」

我很震驚，她怎麼可以這麼快就拿到檢驗結果？但是在我提出詢問之前，這位大鼻子護士往我靠了過來，壓低聲音跟我說。

「我的……嗯，我的男朋友也在這家醫院工作。這是他替我安排的。」

「他就是妳命中注定的那個人嗎？」大鼻子護士看起來頗為困惑，所以我跟她詳細解釋：「你的男朋友就是你命中注定的那個人嗎？你真心所愛、命中注定的那個人？」

她對我微笑：「是的，我想他應該就是。那麼，妳或者納納有沒有要我幫忙打電話聯絡的家人？大部分的孩子都是由大人陪同過來的。」

我飛快搖搖頭。「沒有。」然後我跟這位大鼻子護士請問她的名字。我老覺得在我腦海裡稱呼她為「大鼻子護士」有一點沒禮貌，因為她對我和納納是這麼的好。她的名字是依喜，我說這是一個很美的名字，然後跟她說了我的名字，她說菲姬也是一個很美的名字，這讓我更加喜歡她了。

兒童病房的呻吟聲比起急救室少多了，但是多了許多哭泣的小嬰兒。當我們走進來，依喜攙扶著一瘸一拐的納納，屋子裡的大人都好奇的看著我們。

醫生的名字是潘特希爾醫師。他穿著一身白色外衣，戴著眼鏡，還是一個光頭，看起來就像個醫生該有的樣子（不像我們村莊裡的那個醫生，不論外表或者言行舉止，就像某個普通人有天醒過來決定要變成醫生，其實卻不懂任何健康或醫藥的相關知識，只知道叫大家多多睡覺）。潘特希爾醫師戳了戳納納，然後轉身面對我：「納納最近有接觸過得了傷寒的人嗎？」

我覺得好像有顆石頭堵住了我的喉嚨。我是在什麼時候聽說過傷寒的呢？

然後我想起在庫馬西時，我出去賣椰子的那一天，納納是留下來幫忙衣服訂單出貨。他把貨送到一位得了傷寒的婦人家裡，還跟她一起吃了午餐……

我臉上的表情一定很明顯的跟醫師說明了他所需要的訊息。他兩手一拍說道：「傷寒的傳染途徑，包括吃到的食物或喝到傷寒患者接觸過的飲品。納納現在處於傷寒的惡化階段，他已經病得很嚴重了。」

我非常困惑。為什麼潘特希爾醫師就只是站在那裡？如果納納已經病得很嚴重了，為什麼他不能讓納納好一點？

「用來趕走傷寒的藥

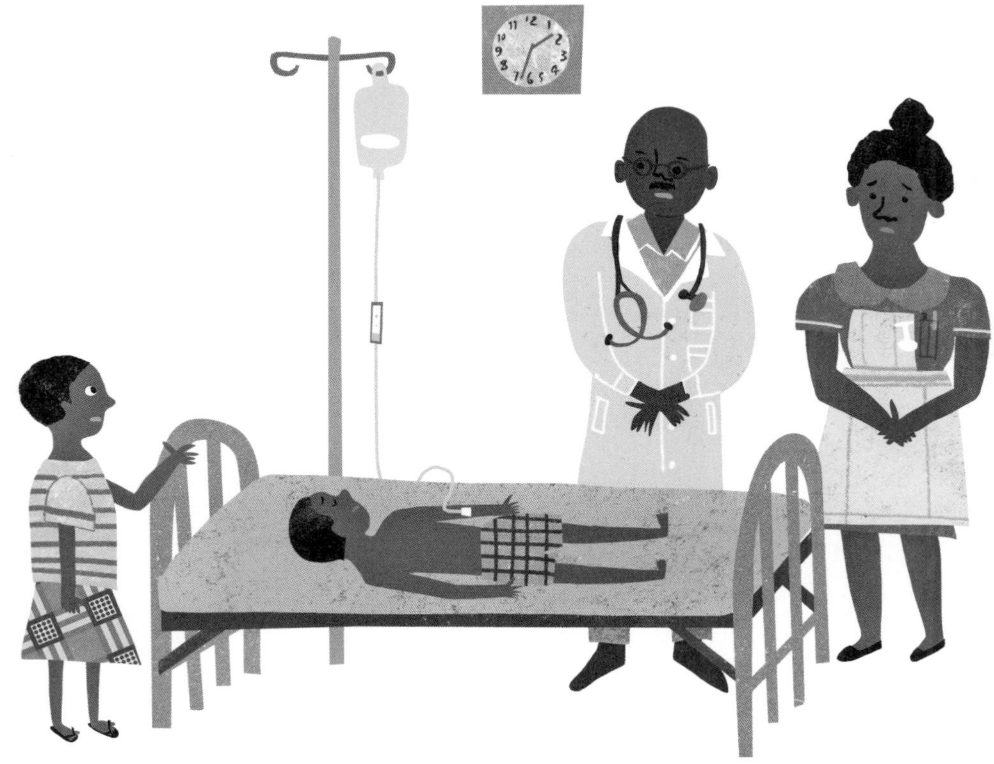

在哪裡呢？」

潘特希爾醫師嘆了一口氣。「我們會竭盡所能的治療納納，但是我們只是一家小型的鄉村醫院。我們沒有效力快速的特效藥，也沒有時髦的阿巴魯尼斯醫師，如果納納的情況繼續惡化，我想我們可能救不了納納。」

我推開潘特希爾醫師，跑到門外。我一定要趕緊去美國，現在比之前更急迫了。阿瑪奶奶可能很快就要死掉了，而納納是隨時可能會死，美國的藥一定可以救他，我已經失去了瓜米，我不能連納納也失去。

我聽見潘特希爾醫師在我後面喊叫，但是我繼續快跑。直到我撞進一個體格挺拔、身穿俐落白襯衫的人的肚子。

第十六章　回家之路

兩隻大手從我的腋下抓住了我，將我舉高。我發現出現在我面前的是科菲，他看起來就像好幾天沒睡覺的樣子。

「嗨，菲姬，」他說：「很高興找到妳了。我也贊同離開這裡是個不錯的主意，但是我們應該帶著納納跟我們一起走，是不是這樣？」

我沒有回答。我無法思考了。他是怎麼找到我們的？

科菲把我移到左側，用他的左手臂挾著我，然後用右手跟潘特希爾醫師握手。「嗨，醫師。我想幫納納辦理出院。我們已經預訂了一班飛機，大約在兩個小時之後，就要從博爾加坦加機場飛往阿克拉。我會帶納納去阿克拉的醫院。」

潘特希爾醫師張大眼睛問：「先生，您是他的家人嗎？」

「醫師，其實你也可以這麼想，我們都是彼此的家人，我們都是迦納人。納納診斷的結果是什麼？」

「惡化性傷寒。」

科菲閉上眼睛。「我知道了。」

過沒多久我們就從醫院前面的臺階跑下來了，科菲手裡抱著依然還在昏睡的納納。然後我們坐上一輛計程車，接著就上了飛機。時間過得這麼快，真是奇異得很，有時候我都覺得跟不上時間的腳步了。

我從沒上過飛機，連靠近飛機都未曾有過。我只有在圖片裡看過，但很難相信飛機是真實存在的東西。但是在那一刻，無可否認的，我就坐在飛機上，而且飛機已經飛上天空了。我可以看見雲朵，蓬鬆得猶如小雞毛茸茸的羽毛，就從窗外飄過。

在飛行的過程中，科菲要我把所有的一切都說出來。從一開始我怎麼離開家、如何在中途遇見納納、怎樣被壞人追趕、到拜訪了孤兒院、再到瓜米死掉，以及我們如何來到博爾加坦加醫院。說到最後，我都哭了。科菲問我為什麼哭。

「因為我離開村莊是為了旅行到美國去找藥，這樣阿瑪奶奶才不會死掉！但是瓜米死掉了，納納也病了，而我卻還沒找到治療阿瑪奶奶的藥。」

「妳知不知道，」科菲說：「美國離迦納非常非常的遠？」

「我一定可以到那裡的。」我含著眼淚，生氣的說。

「我願意竭盡所能的幫忙阿瑪奶奶，還有納納。」科菲搓著他的鬍子，微微咧嘴一笑。他這一笑是為了什麼呢？

「也許妳最終會到達美國，但是妳可不可以讓我在阿克拉這裡就幫忙納納和妳祖母呢？」

「我沒有錢付給醫生！」

「我知道。但是我們可以想辦法解決啊。如果像妳這麼小的孩子就想把整個世界的重量都扛在自己的肩膀上，想要自己想通所有的事情，那可是有點困難的。」

「我並沒有想要將全世界的重量都扛在我的肩膀上，我只想扛阿瑪奶奶的重

量。」就算是阿瑪奶奶，也沒有全世界那麼重。「反正，我根本對這世界幾乎一無所知。」

科菲的眼睛深深的看著我，「妳知道嗎，菲姬？」

「知道什麼，科菲先生？」

「妳對這個世界的了解，其實比妳自己以為的多更多。」

我懷疑他說的是不是真的，因為我從沒離開過迦納。但是，因為某些緣由，這好像已經無關緊要了。我對納納輕聲說，他一定會好起來的，還有我們已經快到了。然後我就靠在他身邊，跌入睡夢中。

阿克拉醫院的每樣東西都閃閃發亮、乾淨無比。有位護士幫我架設了一張小床，讓我可以睡在納納旁邊。醫師在房間來來去去，往納納身上打了好幾針，讓他喝濃濃的白色藥汁。

我照顧納納幾個小時之後，科菲勸我去洗個澡。之後，因為我睡不著，科菲就跟我說起在納納和我從特馬利的房子跑走之後，他尋找我們的那段漫長歷程。

當科菲和米雅發現我們失蹤之後，科菲直接跑到丘丘車站。有位賣蘋果的婦人跟他說，她看見一個男孩和一個獨眼女孩坐上開往博爾加坦加的公車。由於獨眼女孩在這附近相當罕見，科菲知道這位賣蘋果的婦人就是在講我和納納。所以他自己也坐上一輛開往博爾加坦加的丘丘車，只是這輛車在旅程中竟然拋錨了三次，每次車子一停下來，科菲就得下車幫忙推車，好讓車子重新啟動。他讓我看他手臂下方一塊大面積的擦傷，因為在推丘丘車的時候，他不小心滑了一跤，跌倒在地。

當車子終於抵達博爾加坦加，司機意外撞上了一個賣鳳梨的貨攤，貨攤主人拿起被撞壞的鳳梨，往丘丘車的乘客身上砸，科菲趕緊逃命。但當時已是晚上，科菲一時找不到計程車，只能繞著圈子尋求幫助，直到有輛喇叭聲大得像大象叫聲的卡車司機，同意載他一程，前往醫院。科菲猜納納和我應該是在醫院，因為他知道納納生病了，而科菲是很聰明的。他花了很多時間，在博爾加坦加醫院附近走動，想要找到我們，直到他遇見了善心的護士依喜，她記得我的名字，於是引導他來找我們。

當科菲說完之後，我很仔細的觀察了他：他兩眼發紅，眼睛附近的皮膚都已經鬆弛下垂了。

「你一定累壞了，」我說：「我希望你也有張床可以睡覺。」

我應該讓科菲睡我的小床的，但是這張床實在太小了。他如果把腿懸在床外頭，那樣睡起來也不會舒適。

科菲嘆了一口氣，摸了摸自己的前額說：「別擔心，我不累的。」

我很肯定他是在說瞎話，因為才過沒幾分鐘，他就在地板上躺平了，兩手臂在胸膛上交叉，鼾聲如雷。

第十七章 團聚

第二天，我和阿瑪奶奶團聚了。伊岱（歐賽基佛的爸爸）開車載她來到醫院。那天早上，科菲安排她做了幾項檢查。我們分別站在醫院建築物中間的小塊綠地的兩邊。當阿瑪奶奶看見我，她的眼珠子猛然凸起，我都以為那眼珠子可能會從她頭上爆出來了。她看起來沒什麼改變，但我猜我變得很多。阿瑪奶奶可能對於我的頭髮被理光感到很震驚，而且，她也不會喜歡我這樣瘦骨如柴。

然後，她做出讓我意料之外的舉動。她把她的手杖往旁邊一丟（剛好跟一位經過的護士擦身而過），然後對我飛奔而來。我從沒看過阿瑪奶奶

HOSPITAL
AMBULANCE

奔跑過，我也不希望往後再看到她這樣子飛奔。阿瑪奶奶可不具備大家所謂的身形優雅，也絕非身手矯捷。

她有一條腿壞了，另一條腿跛了，所以她跑起來搖搖欲墜。為了保持平衡，她的兩隻手努力的在空中大幅度的擺動著。她沒有被絆倒、沒有臉朝下摔跤，實在萬幸。

當她來到我身邊，竟把我舉高，緊緊抱住了我，很長的一段時間都不肯將我放開。我們兩個都哭了，阿瑪奶奶一邊哭一邊對我訓話。說我笨透了，對她非常不尊敬。還有，可想而知，她威脅我回家之後，要拿手杖打我。我傻笑著躲進她的臂彎裡。

我們一起走向其中一棟大型的白色建築物，一路上阿瑪奶奶一隻手拿著她的木杖，另一隻手牽著我的手，我則跟她說了瓜米所遭遇的事情。她親了親我的手，沉默了一會兒。她可能正想著瓜米是一隻多麼神奇的山羊，還有，有時候她會在我的表弟妹和我上床了以後，讓瓜米跟她一起坐到沙發椅上。她會唱歌給牠聽，有一次我還看見她餵牠吃晚餐的剩飯剩菜。

最後，阿瑪奶奶說話了。

「我們再找其他的山羊來，我的菲姬。那隻山羊會讓我們想起瓜米，這樣我們就永遠不會忘記牠了。」

我知道阿瑪奶奶拿不出錢來買一隻新羊。她可能會好幾週不吃東西來湊錢買羊，但是就算她有好幾百萬的塞地，我也不想要她再幫我買另一隻山羊了。瓜米是無可取代的。

我拽了一下阿瑪奶奶的手，她停下腳步，低頭看著我，眉頭皺在一塊兒。

「謝謝妳，」我說：「但是我不要其他山羊了。現在不要。」

阿瑪奶奶拍拍我的頭。「那我們就幫瓜米辦一場葬禮。」

我拍了拍手。「好！我們還可以為瓜米唱牠最喜歡的歌曲和伴舞。」

「我還要去市場買瓜米最喜歡的食物。」阿瑪奶奶說。

「比如紅蘿蔔、葡萄乾，還有落花生。當納納好一點之後，他還可以寫一篇有關瓜米的演講稿。他很擅長這一類的事情。」

阿瑪奶奶再次牽住我的手，將我往前拉。「妳的朋友科菲有跟我說過這位赫赫有名的納納，」她說：「他是個好男孩嗎？」

我點點頭。「非常好的男孩。」

納納太愛講話。他可能會對長輩有點放肆和不尊重，但是他絕對是「很好的」。沒有幾個男孩子會如此樂於幫忙拯救一個陌生的獨眼女孩的阿瑪奶奶。

「那我很高興可以跟他碰面，」阿瑪奶奶說：「當醫生把所有人要求我做的檢查結果，跟我說明了以後，妳就可以帶我去找他了。」阿瑪奶奶翻了個白眼，「大家實在太大驚小怪了。」

當我們走進醫院的建築物裡頭，才發現我根本還不知道阿瑪奶奶是出了什麼問題。會不會我們才剛找到對方，她就死掉了？我會不會被送到孤兒院去，再也看不到我的表弟表妹或納納？

有一個表情嚴肅的醫師對我們做了一個進去他辦公室的姿勢。他坐在一張很大的木頭桌子後面，桌子旁邊很整齊的堆疊著好幾大疊的紙張。這位醫師嘴裡咬著筆桿頭，手裡嘩啦嘩啦的翻閱著一些紙張。他頭也沒抬的指著他前面的兩張椅子，這些椅子有很直的靠背。我們坐了下來，直到阿瑪奶奶問我怎麼了，我才發現自己正在打顫。

「我很冷！」

我在撒謊。我其實是因為緊張才發抖的。

阿瑪奶奶搖搖頭，然後不斷跟我說我變得太瘦了，難怪我會覺得冷，就是因為妳還是一個小孩子就離家出走，沒有錢照顧自己，才會發生這種事情。醫生清了清喉嚨三次，她才停止說話，抬起頭來看著他。

他調整了一下眼鏡。「阿瑪，我已經拿到今天早上我們對妳所作的檢查結果了。」

心裡的疑問不小心從我嘴裡冒了出來：「阿瑪奶奶還會活著嗎？」我的兩隻手摀在嘴上，張大眼睛看著醫師，等著他的答案。等著他最終來告訴我關於阿瑪奶奶健康的真相。

他笑了，這讓我鬆了一口氣。「會，」他說：「如果妳的祖母遵循我的指示，她未來還可以活很久呢。」

醫師解釋說，阿瑪奶奶是得了所謂的糖尿病，這是一種很嚴重的疾病。但是如果阿瑪奶奶吃健康的食物，以及合適的藥物，他就可以確保她能健康活著。

我聽了好一陣子，直到阿瑪奶奶和醫師開始討論注射、糖分的程度以及各種我聽不懂的大人的問題，我才不再注意聽。

阿瑪奶奶不會死了。一股如釋重負的感覺從我的頭頂直往我的小腳趾頭竄了下去。

後記

歐賽基佛猛的一拳打在我的背。他拍到我了，輪到我當鬼了。在我十歲生日這天沒有人對我放水，實在太不公平。我轉過身去追蘿德蘭，她馬上放聲尖叫。

我們的遊戲被遠方的呼叫聲給打斷了。我還沒看見人影，就知道是納納在大喊。他終於進入我們的視線，他那明顯比一年前胖了許多的手臂，正在瘋狂的揮舞著，而他從鄰居那裡接收過來的鞋子，從他腳上滑了出去。阿瑪奶奶覺得納納很快就會長高長大到穿得住這雙鞋，不過現在他還辦不到。不出所料，納納被絆倒了，但是很快他就彈回直立的狀態，眉開眼笑的，不過現在他整件襯衫都沾滿了灰塵。

「納納！」我跑向他，一邊說著：「你跑到哪裡去了？我們幾分鐘之前還在跟你一起玩！你是不是跑回家了？」

「妳竟然沒有注意到我離開了，我可要生氣了！」納納看起來一點都沒有生氣的樣子。他的笑容那麼的誇張，我都以為他的臉頰要裂開了。他抓住我的肩膀，「妳看有誰過來幫妳慶生了！」

越過山丘，散落著大約三十到四十個人。每個人的臉上都是咧嘴開懷而笑，而他們的頭上或腋下，則是頂著或夾著許多用籃子或袋子裝著的食物和飲料。

阿瑪奶奶也在裡面，正揮舞著她的手杖跟我打招呼。還有波佩圖雅、奎西和艾希都邊走邊喊著。還有我的叔叔菲爾摩德，之前納納住在阿克拉醫院的時候，他讓我和阿瑪奶奶住在他那裡。還有伊岱，我的朋友歐賽基佛的爸爸，也來了，他借錢給我們買阿瑪奶奶治療糖尿病的藥，然後又願意讓我們在他當地市場的攤位上幫忙，以償還我們的債務。

不過最重要的是，科菲也來了，他站起來的時候，肩膀和頭部可是比所有的人都要高。米雅現在有個圓滾滾的肚子，她走在科菲旁邊，一隻手牽著她剛剛結婚的丈夫。我朝科菲跑過去，給他一個大大的擁抱，然後我跟納納摸了摸米雅的肚子。

「妳覺得小寶寶會不會講中文？」納納問。我聳聳肩，我從沒看過中國人。阿瑪奶奶暗自發笑，在納納背上拍了一下。不論納納說什麼，她都覺得非常有趣。

「妳猜她會取什麼名字？」米雅說。

我希望小寶寶可以被命名為瓜米，以紀念全世界最特別的那隻山羊。但是如果小寶寶用男孩子的名字來命名，她會覺得很難為情的。

在一些迦納的家庭，會依照傳統以小寶寶出生當日來為他們命名。如果小寶寶是在星期一出生，也許就會叫做阿德瓦？也有可能小寶寶會依據她媽媽的名字，也取名叫做米雅？

我搖搖頭，「我不知道。妳要幫她取什麼名字？」

米雅兩眼閃閃發亮的跟我說：「菲姬！」

也許菲姬這名字在美國很普通，當有朋友介紹自己剛出生的寶寶時，大家都會緩緩的說著：「不要又來一個叫菲姬的了！」也或許沒有任何美國人曾經聽過菲姬這個名字，當他們聽見這個名字時，就會說：「菲姬是什麼？」

我還是不知道。不過，至少在迦納，菲姬不再是那麼怪異的名字了。

推薦　吳在媖（99少年讀書會發起人）

從世界的一樣與不一樣，看見自己站立的地方

迦納，離臺灣有多遠的國家？

非洲，那裡的小孩過著怎樣的日常？

明明都在同一個太陽照耀下成長，明明都是呼吸同一個大氣層的空氣，可是透過這一本書，我們才看見非洲迦納的孩子跟臺灣孩子在多麼不同的生活狀況下成長。

在芒果樹下上課，偶爾才有電，沒有自來水，沒有冰箱跟電視機，書是稀有品。

這本書的主角菲姬，八歲，作者以八歲孩子第一人稱的語氣陳述這個

故事，讓讀者從八歲女孩的眼光理解世界，文字天真可愛，跳脫大人的老成，處處可見童真的心情。

這位八歲的孩子，菲姬，從小就不知道自己親生父母是誰，她一出生就被棄養在阿瑪奶奶家門口，只有一張紙條說明她的名字是菲姬，然而這個名字帶給菲姬成長過程中很多的困擾，因為對迦納人來說，這是一個不常見的、怪異的名字，這件事讓菲姬非常不開心。

菲姬在阿瑪奶奶跟三位表弟表妹（當然不是有血緣的）的陪伴下成長，還有一隻寵物山羊瓜米，過著不算富有，但很有愛的生活。有一天阿瑪奶奶生病了，八歲的菲姬側聽大人的談話，以為奶奶病重，只有美國才有藥能醫。擔心自己成為孤兒的菲姬左思右想，決心要到美國替阿瑪奶奶買藥。

勇敢的菲姬帶著山羊瓜米出發了，問題是，她不知道美國在哪裡，也沒有足夠的錢去，只有班上同學給她的八個塞地（臺幣五十元不到）。然而，這些讀者擔心的問題，在菲姬的小小腦袋裡，統統不是問題，只要出發就沒有問題，所以她一個人沒告訴阿瑪奶奶，帶著山羊瓜米就出發了。

啊？不知道美國在哪裡就要去？這就是孩子的勇氣。

菲姬在半路上遇到了九歲的流浪兒納納，兩人結伴一起去美國。勇氣，是他們唯一擁有的東西，勇氣，也帶他們兩個小不點走了好遠。讀這本書的時候，我一直想到「小偵探愛彌兒」，也是一群小孩要辦大事情，他們認真、用心、一點都不馬虎，被大人嘲笑時還覺得傷到了自尊心。在菲姬跟納納的旅程中，有一次到了銀行，他們想要貸款，他們堅持瓜米跟人一樣聰明，可以跟他們進銀行：

「妳不可以帶著那隻山羊進去銀行，」另一位鞋子搭配合宜的警衛開口。

納納來到我的左邊，「為什麼不行呢？這是歧視。」

我不懂「歧視」是什麼意思，但是聽起來很時髦、很像大人講的話。

「瓜米跟人一樣聰明。」

「這是真的。」我害羞的點點頭，「每次只要你呼叫牠的名字，牠都會過來。我的表弟奎西就不會。我們叫了又叫，但是只有阿瑪奶奶威脅要拿手杖打他，奎西才會出現。……」

很可愛的理由吧？卻還蠻有道理。至於大人制定的貸款制度，他們也覺得非常不合理，當納納拿出他所有的錢擺在桌上要開戶時，銀行女士說：

「那些錢不夠用來開戶，也不夠拿來貸款。」

「但是，我們就是因為錢不夠，才要來貸款的啊！」納納說得很慢，就好像他說話的對象是個小小孩。

「我們的制度不是這樣規定的。」納納雙手插腰，瞪著那位女士。

「它應該要這樣規定才對。」

孩子的觀點，我不認為是天真，反而覺得納納點醒了大人，他說的一點都沒錯，這才是人該做的事情。途中他們也工作賺錢，納納發現一位孤單的太太：

「我拜訪了很多人，包括歐圖太太，她已經被困在房子裡面整整一年了。她一直都病著，所以沒有人願意靠近她。」

法蘭克搖搖頭說：「你真是個笨蛋，還親自跑去靠近她。上星期有人說她得了傷寒，但是她沒有足夠的錢可以做任何處理，所以她只能坐在自己的屋子裡等死。」

「我跟你說過，不要再叫我笨蛋，法蘭克！」納納說：「生病的人比健康的人，更需要有人去拜訪他。」

這段話讓我震撼，雖然無家可歸、生活這麼困苦，但這年僅九歲的孩子，還保有一顆對人溫暖的心。

看到肚子餓到啃布的菲姬，納納決定帶菲姬去找食物，他們到了一間孤兒院，納納熟悉孤兒院的內部、食物的位置跟其中的成員，菲姬才發現原來納納之前被暴力對待、從孤兒院逃出來。讀者在這本書中看到孤兒院的狀況，孩子的飢餓與不自由，真讓在臺灣生活的我們有隔世之感，這是現今地球上的另一個角落？

而即使在這樣的環境，納納還是想要自己摸索，在社會上跌跌撞撞，長出一個勇敢、堅強、溫暖的靈魂，不禁讓人想要抱抱這個年僅九歲的孩子。九歲，臺灣九歲的孩子能想像在社會底層打滾，作者在本書中描述的生活嗎？

菲姬最後有沒有抵達美國呢？有沒有救了阿瑪奶奶呢？這段旅程，菲姬遇到的朋友跟大人，是否打開了她的視野，讓菲姬可以重新看待自己的人生與名字？對於自己的存在與名字，菲姬是否有了完全不同的觀點跟心情？

經過這趟艱辛但充滿勇氣的旅程，菲姬的自我似乎不一樣了，這些不是透過學校教育學到的，而是菲姬闖蕩世界好不容易得來的親身體悟。

迫不及待了嗎？趕快打開書，跟著菲姬的勇氣，一起去體會一下，菲姬與臺灣孩子的一樣與不一樣，臺灣環境與迦納環境的一樣與不一樣吧！讀完你會發現，自己所在的小島，是不是一個值得珍愛的地方。

出發，你才會回頭看見，自己原先所在的地方，是不是有，美麗的光。

國家圖書館出版品預行編目資料

菲姬闖世界Figgy in the world / 坦姆辛・雅努Tamsin Janu 著
鄭榮珍 譯 顏寧儀 繪. -- 初版. -- 臺北市：幼獅, 2020.12
面； 公分. --(小說館；31)
譯自：Figgy in the world

ISBN 978-986-449-207-7(平裝)

887.1596 109014227

・小說館031・

菲姬闖世界 Figgy in the World

作　　者＝坦姆辛・雅努Tamsin Janu
譯　　者＝鄭榮珍
繪　　者＝顏寧儀
出 版 者＝幼獅文化事業股份有限公司
發 行 人＝葛永光
總 經 理＝王華金
總 編 輯＝林碧琪
主　　編＝沈怡汝
編　　輯＝白宜平
美術編輯＝游巧鈴
總 公 司＝10045臺北市重慶南路1段66-1號3樓
電　　話＝(02)2311-2832
傳　　真＝(02)2311-5368
郵政劃撥＝00033368

印　　刷＝崇寶彩藝印刷股份有限公司
定　　價＝280元
港　　幣＝93元
初　　版＝2020.12
二　　刷＝2023.05
書　　號＝987254

幼獅樂讀網
http://www.youth.com.tw
幼獅購物網
http://shopping.youth.com.tw
e-mail：customer@youth.com.tw

行政院新聞局核准登記證局版臺業字第0143號
有著作權・侵害必究(若有缺頁或破損，請寄回更換)
欲利用本書內容者，請洽幼獅公司圖書組(02)2314-6001#234

Text Copyright ©Tamsin Janu, 2014
First published by Omnibus Books, an imprint of
Scholastic Australia Pty Limited, 2014
This edition published under license from Scholastic Australia Pty Limited
through Andrew Nurnberg Associates International Limited.
Traditional Chinese edition copyright © 2020 by YOUTH CULTURAL ENTERPRISE CO., LTD.
All rights reserved